甜蜜與憂傷

廖玉蕙・林芳妃◎主編

編者序◎廖玉蕙

只要有「情」，自然就「親」

前輩作家王鼎鈞先生曾寫了個頗耐人尋味的小故事：

一位作家教文盲太太認字，他把所有要教的字都製成紙條貼在具體的事物上，「電燈」貼在電燈上，「桌子」擺在桌上……教著、教著，教到了「愛」這個字。「愛」字沒處貼，他只好抱住太太親嘴，太太總算把這個字記住了。她說：「認識了這麼多字，數這個字最麻煩。」

故事讓人莞爾。的確，「愛」這個字果然是最麻煩的。說穿了，人生就是一個長長的尋愛歷程。人活在世上，除了圖溫飽外，最重要的不就是讓自己變得更可愛或想辦法找到最愛！我們的苦惱，大多因愛而生，快樂與否，也多半因愛而來。「愛」常常不知從何時起，也無所謂終了時刻，在人生途程中只要搞定了「愛」，似乎一切都會變得不那麼艱難。

可惜，有人不知道應該怎樣愛自己，有人不曉得如何愛別人，有人的愛像利劍傷人卻不自知，有人的愛像大石壓頂，讓人透不過氣來。那麼，該如何自愛？又該怎樣愛人？《大學》裡說：「人者仁也，親親為大；義者宜也，尊賢為大。」說明了親情的自然流露，不假外求，是愛的最基礎課題。親人間關係的親密或疏遠，往往決定一個人未來人際往來是否能條暢自然。

這本書的編輯立意在藉由閱讀別人的經歷來省視並爬梳自己的人生。別人的曾經，無論是甜蜜或悲傷，也可能在某個轉角的地方讓我們給邂逅了。

第一輯裡的選文筆調較輕鬆，寫惡作劇、養寵物、歡喜做代工和人生歷練。〈手足〉中，少年雷驤因為莽撞的誇口，竟將妹妹心愛的郵票偷去送人，你如果不是那位誇口的哥哥，也有可能是那位無辜被害的妹妹，這幾乎是人們童年的共同記憶；曾經養過寵物的人，看到柯裕棻的〈父親與狗、母親與貓〉和廖玉蕙的〈男人和魚〉，或者會莞爾一笑，而負笈在外的，是不是也會因之萌生養隻寵物以陪伴雙親的想望？宇文正〈家庭代工〉分明是六、七〇年代家庭主婦把客廳當工廠的實況轉播，孩童們穿梭其間，村子裡火熱溫暖，讓人看了心裡暖暖的；蕭蕭的〈父王〉吃得了苦，耐得住寂寞，這樣的父王足為兒女的典範，稱之「父王」，誰曰不宜！而如同詹宏志〈持子之手〉裡雀躍等候參與盛會的心情，人生不管哪個階段，又誰人沒有經歷過。

第二輯的文章漸趨衝突跌宕。王盛弘的〈壞人壞事代表〉的三小則故事同時聚焦那位無法被精準臧否的父親，讓人不由惻惻然想到周遭許多鬱卒的鄰家阿伯；楊索的〈懵懂時光〉敘說貧困生活中的快樂與心酸，人物雖影影綽綽，感覺卻像溶溶的月色，皎潔明淨。方梓的〈時間之門〉娓娓道出為人母的懸心並揣測女兒的叛離與回歸，細膩多情；徐嘉澤的〈分離〉寫父母哽咽接受子女出家與出櫃的艱難，陳淑瑤的〈潛水艇〉則從一艘潛水艇切入弟弟的軍旅生涯，兩人同寫手足，手法或顯或隱，都多層次地彰顯出生命本質的荒蕪與親情的揪心纏繞。

第三輯裡，四位老父親一起出場，筆調較顯沉重，分別寫鄉土、病痛、寫生離死別和人生的難處。在席慕蓉〈飄蓬〉婉轉如詩的文字裡，有對故鄉深情的眺望和道不盡的惆悵；楊富閔在〈家庭記事〉中自簽聯絡簿，看似讓人羨慕，實則暗藏難言的苦衷，而一手牽起阿嬤插滿針頭的右手，一手挽住難得歸來的大姑，發號施令時，讀者將看出成行的眼淚；年紀小的讀者，自然不可能有黃信恩〈咳嗽〉文中老邁父親尷尬失措的境遇，但也許可以思索你的阿公是否曾有雷同的處境？最後，蔡怡〈兩百里地的雲和月〉像一則古老的愛之傳奇，發出曖曖的光芒，告訴人們，不必然藉助血緣，只要有「情」，自然就「親」。

大部分的親情書寫，都不免回顧前塵往事，無論甜蜜或憂傷，它都曾確然存在。回首美好的記憶固然讓人增添奮進的力量；而憂傷心事的調理也一樣具備止痛療傷的功效。寫下是一種對自己人生的重新盤整，它可以促進我們思考更多的可能，讓在重新出發的行囊中可以丟下一些不必要的包袱，而放進更多的希望。

目錄

編者序◎只要有「情」，自然就「親」 廖玉蕙 04

輯一 持子之手

手足 雷驤 14
持子之手 詹宏志 29
男人和魚 廖玉蕙 42
父親與狗、母親與貓 柯裕棻 59
家庭代工 宇文正 71
父王 蕭蕭 83

目錄

輯二　時間之門

壞人壞事代表　王盛弘　98
懵懂時光　楊　索　111
時間之門　方　梓　124
分離　徐嘉澤　138
潛水艇　陳淑瑤　153

輯三　家庭記事

飄蓬　席慕蓉　166
家庭記事　楊富閔　178
咳嗽　黃信恩　194
兩百里地的雲和月　蔡　怡　208

輯一　持子之手

手足

◎雷驤

1.阿哥的罩門

哥哥與我一高一矮的並站在照片裡。年代雖已久遠，因是照相館裡拍的，迄今細節仍然纖毫畢露，清晰無比。

現在靜靜看著相片裡的兩個人，明明是童幼時的故影，卻彷彿另有它自己的生命，此刻與我默默對看，而我興起想說出什麼話的念頭。

阿哥的模樣有點好玩：兩隻眼睛筆直看正，下顎向上昂，頭頂是半長短、無法梳理的頭髮，後腦勺髮旋處還聳起一撮。由於他過度的集中注意，嘴唇反而鬆開，露出缺角的一顆門牙。

阿哥為什麼會在關鍵時刻留下有失莊重的樣像呢？我想，大約是努力遵從攝影師的指導，卻不得要領的緣故。你沒見過有人太過緊張而頻頻眨眼，或是因為集中精神而吐出舌尖的嗎？阿哥正是這麼樣，不期留下之先的魯莽摔車、磕碰後的一副破相。衣裝看來很正式：外套翻領口，露見打著領帶的襯衫。因此那不進入情況的臉部表情，顯得更突兀。

大約只及阿哥肩膀高度的我（相差三歲），穿同一樣式的襯衫、領帶、翻領外套，卻也呈另一副蠢相——聽不明白攝影師的指令，當強烈燈光打在臉上，在正方暗處從一部大照相機背後發聲道：「下巴收攏來……眼睛向前看！睜大！」（家人大約同時也都在暗處圍觀），以致客觀的我的留影是：少年低著頭，眼珠竭力瞪圓向上翻，猶如金魚的表情。

打扮得像孿生兄弟的兩個人，成長途中應是緊密的，但回想裡，受他欺負的時候不少。

「唔，要我幫你買什麼嗎？」他要上街，我把一份零用錢託付，給買甘草橄欖回來，那時最嗜吃的。

阿哥回來遞給我一隻牛皮紙小袋，像平常包裡零食的紙袋，只是看起來扁扁的，內容少了。打開看，是一包吃光的二十粒橄欖核！

我於是哭了。阿哥回身來安慰我，說路上本來只想吃一粒看看，但是實在太美味，忍不住一粒粒吃光了。

「不過我特地把橄欖核留給你喲！要知道裡頭那一粒仁，才是最好吃的，你記得冬天我們吃過的核桃嗎？」接下來便說明如何砸破硬殼取仁的方法。我哭得更厲害了。

實在「貪吃」是他的罩門，無法抗拒。凡可吃的東西，遇見他便不安全。

「喂，你的米娃娃真漂亮啊，拿來借我瞧瞧吧！」那時，小妹手中抱著一個米餅做的洋娃娃，一尺高，穿著蓬裙子，底下是肥肥的兩條腿，面頰微紅的胭脂色，很可愛的娃娃，裡面空的，因此很輕。

阿哥接過手去，聞到一股米餅香，便忍不住將鼓鼓的小腮，扣下兩片吃去，還給小妹一尊臉上兩個破洞的娃娃，口說：「更美嘛！有酒窩呢！」小妹只好大哭，引來母親干涉。

三年級的勞作課要我們做「不倒翁彩蛋」，老師的方法是這樣的：在生雞蛋尖的一頭，殼頂鑿開一個小孔，把蛋白、蛋黃倒空，然後從那孔裡滴蠟燭油進去，約三分之一的蠟，凝固在蛋的底部，那蛋就站立著了。因為底部的重量，反覆推倒，都會站起。蛋殼外塗抹顏色，畫出人形就成。

不知怎的，家裡給的是鹹鴨蛋！個兒大又白，但裡面卻是熟的、硬的。

「我來！我來！」阿哥熱心起來，幫我在蛋頂開孔，將內容一一挖出吃掉，這麼一來，洞愈挖愈大——才好吃盡鹹蛋的底部。

我最後只好在彩蛋上罩了頂笠帽，做成農夫造型。

諸如此類的事，帶給我痛苦不少。長大以後，阿哥好像為了補償童少時的惡行徑，舉凡貴重之物：我的第一套西服、第一部相機、第一枝金筆，皆都他所餽贈。

「那些事，就別再提了罷！」當我這麼寫著的時候，彷彿遠方傳來他的語聲。

2. 索馬利蘭郵票

妹妹病著，我還是照常上學去。

全家人上班上學走空以後，她一個人只有寂寞吧！

妹妹是呼吸道的毛病，一旦咳嗽起來便驚天動地，喉管的氣聲、濃痰翻滾的聲音，讓人受不了。隔著紙門不必看也可以知道，妹妹的臉孔此刻先是漲紅，而後蒼白，那樣交替著，同時，眼球好像要從眼眶裡爆出來。平靜以後，我闔起書本探頭進去，妹妹鼻頭尚積蓄細細汗珠，頰間分布淡淡的，在我看來很可愛的雀斑。

彷彿要安慰我似的，她把眼睛作出笑意，好像是說：「還好，我還可以。」眼眶裡卻像依留閃亮的淚痕。

據母親說，妹妹因為嬰童時代患百日咳沒有康復完全，以致留下容易感染呼吸道細菌的病根。上學後，常常三天兩頭發熱頭暈，身體虛弱到不禁風的樣子，於是請假輟學留在家裡。

「靜養幾年，等體力回復了，回頭再趕上，功課不會難的。」母親這麼說。

那時，妹妹十歲，三年級；我十四歲，中學二年級，是家裡排行靠近的兩個人，早先也一同走讀附近的小學。

學期末，我得了一冊集郵簿子作為成績的獎賞。那簿子用硬紙板做成內頁，逐頁有條狀的玻璃紙分行，收藏的郵票即插入玻璃紙裡，看起來很厚實堂皇的一本。

「喏，這本子就送給你咯！可以用來收集郵票呵！」為了安慰妹妹的寂寞，我轉贈給她。

那時候還鮮少看到外國郵票，妹妹遂熱心的把家中舊信札上的郵票浸溼，一一晾乾揭起，分別以紋樣與幣值的不同收納起來。妹妹進入那種靜態的鑑賞活動裡，對於病體沒有害處，母親也不反對。

親戚中有一個跑船的海員，我們央託他從各個泊岸港口收集舊郵票，於是每當他極黑的臉龐出現在我家的時候，便隨著一包花花綠綠的郵票來了。有大洋洲的、美洲的和非洲的，形色也大大超越我們眼界——三角形的、菱形的款式，動物和植物等，這世界繁複的異樣，從小小的圖幅裡擴展到妹妹枯索寂寞的心靈上了。

有時候，我藉著初步地理知識的協助，把郵票國的國名，在地圖上指出位置，看著妹妹粉紅色的細小指頭，從地球儀球面的一端橫過另一面，這時妹妹好像心中想像：這一張或那一張郵票，確曾從這一地抵到另一地旅行，而今到我手裡，多麼神奇！

雖然這五大洲的版圖，在妹妹的集郵冊裡許多是由虛線空缺著。集郵的風氣不知什麼時候，也在我們初級中學裡盛行。以建立妹妹那集郵冊的功勞者自居的我，常常參與同學們時髦的談話。

有一回，竟答應將一枚索馬利蘭三角形動物郵票拿出來，以補足某友的五張一套。

「把我們這單張給他吧！」我回來向妹遊說：「說不定他會換給我們別的更漂亮的郵票哪。」實際上那同學並無承諾。

這張繪著長犄角、大眼睛的羚羊郵票，看來為妹妹所珍寶，因此她堅決不肯。

稍後，我趁著妹妹短睡的當兒，擅自入侵那集郵冊裡，取走了那張索馬利蘭。我的手滑進妹妹小小的收納箱，裡頭整齊擺置她的一切所有：小球、紅綠玻璃紙絲、一面小圓鏡子……當然還有那冊立著的、妹妹時時流連的集郵簿。這時候，我確切感覺冒犯了她，但有什麼辦法呢？已經誇口答應過人家啦！

第二天，我放學才進門，就見妹妹漲紅著臉，把整冊集郵簿狠狠的摔到我身上，口中只說：「那都還給你好啦！」

那以後，雖然妹妹勉強收回她的集郵冊，但彷彿全然失去了興趣，一度以為獨自擁有的世界，因為我的莽動而消滅。即使黝黑表哥又送來不同的郵票，她也毫無喜色，很久，就原封不動的夾在冊子裡而已。

這是我對妹妹無從補償的錯處，直到成年許久以後，也無法向她說出道歉的話。現在看她健康而活力無窮，流利的應付一切發生在身邊的事，是我感到欣慰的。但試想，我將少年時真正的罪疚感說出，妹妹大約只會說：「什麼呢，人家早就忘記了。」

——選自《少年逆旅》，天下文化

賞析

具有作家、畫家、紀錄片導演等多重身分的作者，在文字處理上，有獨特的個人風格。

〈阿哥的罩門〉以舊照片懷想開頭，他說：「哥哥與我一高一矮的並站在照片裡。」說的是一張照片，在讀者眼前呈現的卻是「人」。敘述主次改變，使周遭的景深明暗立現。

他的文字節制、低調，卻能用簡練的語詞，將人物形塑，寫回憶如在目前，能看見被珍視摩挲的痕跡。經過描述，小時候的阿哥有點苦惱地站在讀者面前，「有什麼辦法呢？這就是我的罩門呀。」似乎如此申辯。

至於身為苦主的弟弟、妹妹，奇異地站在讀者同情的餘輝外，相形黯淡。究其原故，實在是阿哥的形象太鮮明，主角光環覆蓋一切。

在〈索馬利蘭郵票〉中，描寫自己對妹妹無從補償的愧疚。追尋少時往事，我們跟著作者的敘述，彷彿一塊兒坐在妹妹身旁，看那粉紅色的細小指頭，從地球儀這一端滑向那一端；又好似，踮起腳尖，輕輕走到熟睡的妹妹身邊，伸手……

當郵冊砸來時，空氣間失望、忿怒、慚愧、惶恐的情緒激烈撞擊，一時間，竟不知身為讀者的自己，該如何是好……

作者以凝練、沉靜的筆調，敏銳地觸碰生活，細繪人性幽微的本質。他雖刻畫人性的敏慧，卻不輕易評判，對人情世事帶著悲憫和愛惜，淡遠中見深情。

作者簡介

雷驤，生於上海，現任台北藝術大學藝術行政與管理研究所兼任教授，為當代著名作家、畫家及紀錄片導演。作品曾獲時報文學小說推薦獎、台北文學年金獎助計畫、出版金鼎獎、插畫金爵獎、電視節目金鐘獎、金帶獎等，著有《青春》、《文學漂鳥》、《雷驤極短篇》、《行旅畫帖》、《捷運觀測》、《生之風景》、《目的地上海》、《浮日掠影》、《少年逆旅》、《生途悠悠》等。

持子之手

◎詹宏志

悠然醒轉時，耳朵已經清亮，可以聽見遠方菜販叫賣的聲音，眼睛還沒有完全睜開，意識有點朦朧，我可以感覺到臉上和頸上的皮膚有點溫度，陽光已經灑滿榻榻米房間，晒得棉被暖烘烘的，還泛出一種像乾稻草一樣的氣味。

但讓我感到困惑的，是房間之外傳來的嘈雜音，帶著一種興奮雀躍的情緒；我轉頭看旁邊，看見弟弟緊咬著下脣，還沉沉地睡著，一切並無異樣。很快地，我就從聲音當中聽出端倪，原來昨天深夜裡回來的父親一早帶著兩個姊姊和二哥出門去散步，他們顯然一起到了某處豆漿攤子去吃了新奇的東西，哥哥姊姊們回來還興奮地談著豆漿與米漿的滋味，以及剛剛出爐的油條與我們平日買回來的冷油條有多麼地不同。

等我明白了這一切，我突然發現我錯過了一場盛會，平靜、平淡、平凡家庭罕有的外食活動，以及那種我們平日渴望的與日常生活不同的不尋常性，竟然就發生在我睡夢之中，我竟然在一無所知的狀況下，讓一件不尋常的事溜走了。我充滿了悔恨與不公平感，我向父親半是請求、半是抗議地說：「我也要去。我也要早上跟你去散步。」

父親停下來，帶著一種神祕的微笑意味深長地看著我，也許只有五秒鐘，但那也像是一個世紀那麼長。父親很少在家，我們都覺得他分量很重，從來不敢向他請求什麼，其實我一開口就已經後悔了。但父親只是靜靜地說：「如果你早上起得來，我就帶你去。」

我不是一個愛睡懶覺或喜歡賴床的人，我平時並不是起得很遲，即使是錯過幸運活動的這一天，我也不過是七點鐘起的床，只比平日晚一點，而哥哥姊姊他們也才剛回到家，意味著父親帶他們出去也許不過是六點鐘，我完全有能力可以趕上這個時間。

那個晚上，我帶著一種警覺性上床，那是家裡還沒有鬧鐘的年代，唯一能做的事是拴緊內心某一個看不見的發條，期望它在預定的時間可以叫醒你。正當我覺得忽睡忽醒，昏昏沉沉，內心突然一驚，我跳起來，窗外的天色已經微亮了，我爬出蚊帳看鐘，還差一分鐘就是六點整，時間和我內心的設定完全相同。我火速披衣起床，衝到廚房，看見在昏黃燈光下燒飯的母親，我急急地問：「阿爸呢？」媽媽看我一眼：「出去散步了。」我急得快哭出來：「走多久了？」廚房的爐火劈里啪啦地響著，照映著媽媽額頭上的汗水，她好像無視於我的焦急：「大概十幾分鐘有了吧。」

我跑出門外，看到整條街空空蕩蕩，杳無一人，根本看不出父親出門的方向；衝回到房裡，確定哥哥姊姊他們都還在睡，可見父親是一個人獨自出門的。我坐在窗前，看著天上雲彩流動，心中充滿懊悔，為什麼我沒有再早一點起床呢？父親又為什麼不肯叫我一聲或等我一下呢？

到了七點鐘，父親散步回來了，家中其他人也紛紛忙起來了，準備上學的都在吱吱喳喳地慌亂著。我還沒上學，這一切忙碌與我無關，我只能在一邊旁觀著。父親並沒有和我說些什麼，偶爾眼神與我相會，也只是微微一笑。一直到哥哥姊姊們全出門了，父親才轉頭輕聲對我說：「明天要早一點呀。」

到了夜裡，我咬著牙像是發誓一樣，把內心發條上得更緊了，「明天我一定要天不亮就起床。」夜裡可能也睡得不是很安穩，不斷做著又快又急的夢，夢裡頭情節支離破碎，又不斷有各種背景聲響，最後一個夢有雞啼的聲音，我內心突然像是門打開一樣，覺得這不是夢境，我立刻醒坐起來，果然那是鄰居公雞的啼聲，天色完全是黑暗的，只聽見廚房有微微的聲響，媽媽應該是起來了。

我走到廚房，看見母親正在升火，一陣煙撲在她臉上，我走過去問：「阿爸起來了嗎？」媽媽回頭看見我：「起得這麼早？」停了一下又想起我的問題：「你阿爸出去了，他今天比較早。」

我不敢置信地回到客廳，看著掛鐘明白指著五點半不到，天光還像深夜一樣是深墨色，只有東方微微有點淺藍的顏色。我有點洩氣地坐在椅子上，父親還是比我更早，而且也無意等我，儘管我已經比所有的小孩都早起了。

父親回來也一樣沒看我一眼，整個白天他都出門辦事，我根本不知道這個約定是否還有效，而且，也許父親一出門就是回到深山的礦場，再回來可能已經是一個月以後。當天晚上父親出現在餐桌上時，也許是他看穿了我期待的眼神，輕輕拋過來一句：「明天要再早一點呀。」

夜裡我在床上翻來覆去，一直想要找到一個可以更早醒來的辦法，但睡眠是多麼難以掌握的一件事，它似乎有自己的意志，睡眠控制著我，而不是我掌握了睡眠，只要一入睡，你永遠不知道睡眠何時才會釋放你。我想著這件事，內心覺得有點哀傷，我們能夠控制的事何其稀少，控制我們的力量又何其之多。而那些比較有控制力的大人，他們是如何做到的？

我好像昏昏沉沉睡去，又好像在睡夢海洋上漂流，載浮載沉。突然間，我又完全驚醒了，四周都是黑暗包圍，也都是沉睡的氣息，沒有一絲要天亮的意味，我不能確定這是十二點、還是早上兩點，或者任何其他時間。但此刻我的耳朵似乎無比清明，我幾乎可以聽見客廳掛鐘鐘擺搖晃的滴答聲，我甚至覺得自己聽見隔壁雞籠裡公雞梳理羽毛的窸窣聲。最後，我聽見客廳的掛鐘敲起鐘來，噹——噹——噹——噹，敲了清脆的四響，所以這是早上四點了。

我在被窩裡保持躺臥的姿勢，覺得內心無比清醒，我決定用這樣的狀態等待天亮的來臨。沒多久，我聽見父母親的房裡有聲響，然後我聽見一個人的腳步聲，這個腳步聲較為沉重，所以應該是父親的腳步聲了。我聽見腳步聲走往浴室，然後我聽見馬桶沖水的聲音，然後我又聽見漱口的刷牙聲。

我偷偷在被窩裡套好衣服，輕巧地滑出被窩，我躡著腳走向浴室，等在門外。不一會兒，裡面的水聲停了，父親穿著睡衣走出浴室，我站在他面前，有點怯怯地說：「爸，我好了，我們可以走了嗎？」

父親似乎不感到驚訝，他笑了笑說：「現在還早，我們可能要再等一下。」

我坐在客廳等待，父親回房去，房間裡又安靜了。不久後，媽媽倒是先出房來了，她的頭髮已經梳好，衣服也穿整齊了，她看見我，笑了笑說：「今天起得這麼早？」然後就往廚房去了。

再過一會兒，父親也裝扮完畢，他穿著白色襯衫，灰色西裝褲，外面加上一件繡有「台灣電力公司」字樣的藍夾克，腳上是他那雙每天擦得亮晶晶的皮鞋，手上還拿著他的登山枴杖。他似乎心情很好，帶著笑容，也不多說，看了我一眼，就往門外走去，我趕緊起身跟向前去。

出門之後，父親往左邊走去。我們家門前就橫亙著繁忙的省道，如果向右走，我們就會經過郵局，還有郵局隔壁的包子店，再向下走就會到達市場，但我還太小，從來還沒有被允許去到那麼遠的地方；如果向左走，不久之後就是這一排有著騎樓房子的盡頭，我們就會走到兩旁都是田地的路上，再過去，那是哥哥姊姊上學的七堵國民小學，那也是我尚未被允許前往的地方；再過去，那是我從未能想像的世界了。

——選自《綠光往事》，馬可孛羅出版社

賞析

這天早上，發生了件不同尋常的事情，讓人著急懊悔的是，作者居然錯過了這千載難逢的盛宴！

明快的敘事，以聽覺、視覺、觸覺、嗅覺將讀者帶入故事中。簡練、明朗的文字風格，使讀者在神祕而意味深長的微笑注目下，透過讀秒，將短短五秒鐘，襯出一世紀的漫長。由此，讀者似乎變成了年幼的作者，緊張著、期待著。

「如果你早上起得來，我就帶你去。」

小小的作者，開始推理，他認為自己完全有機會趕上！

準備、期待、失落的再三循環中，讀者的心情也跟著作者起伏跌宕，到底能不能趕上呢？

作者敘事明朗自然，有著不煽情而讓讀者身歷其境的文字功力，不落俗套，卻又不失生活體驗。與睡眠對抗，獲得控制力的那晚，「突然間，……公雞梳理羽毛的窸窣聲」，此段描述作者原本可用「屏氣凝神」一語帶過，但他細細地寫，將整個情境感官詳實畢現於讀者面前。

當他著裝過後站在父親面前時，他們似乎並不驚訝。

也許昨晚，或是好幾個入睡前的晚上，父母就輕聲討論過這個寶貝孩子，笑問：「你猜，那孩子明天一早趕得上嗎？」

文章末，作者向右張望，繼而向左，「再過去，那是我從未能想像的世界了。」小小的作者，正要在父親的帶領下，前往那未能想像的世界。

作者簡介

詹宏志，國立台灣大學經濟學系畢業。現任網路家庭國際資訊股份有限公司、商店街市集國際資訊股份有限公司、露天市集國際資訊股份有限公司等公司董事長。曾獲台灣People Magazine 頒發鑽石獎章、第二屆數位出版金鼎獎「評審委員會特別獎」。著有《兩種文學心靈》、《閱讀的反叛》、《人生一瞬》、《綠光往事》等。策畫和監製九部電影包括：《悲情城市》、《戲夢人生》、《牯嶺街少年殺人事件》等。

男人和魚

◎廖玉蕙

多年前的一個周末夜晚，孩子們臨時提議到通化街夜市添購牛仔褲。記得似乎是個涼薄的秋日，因為時斷時續的微雨，夜市有些兒冷清，沒有了周末應有的人潮，我們在溼溼的道路上悠閒地逛著，格外覺得一種釋放後的輕鬆。

當我們提著新購的牛仔褲由店中走出時，發現不知何時雨勢竟大了起來。因為未曾帶傘，四個人只好在騎樓中鵠候。我們判斷雨勢將很快停止，因此，並不打算就近購傘。正無聊地說著話，眼尖的兒子突然發覺不遠處靠近騎樓的道路上，矗立著兩把電視上所謂的「五百萬」大傘，傘下蹲坐著一位年近七十的老婦正無聊地守候著兩盆鋁製方盒子裝的金魚，盒子旁散置著幾把撈魚的器具，因為無聊，我們母子三人無異議通過去試試手氣，只剩下那位早已失去童心多年的男子艱苦卓絕地留在原地等候放晴。

雨下得還真不小，我們挨挨擠擠地躲進大傘下時，那位老婆婆有著意外的欣喜。撈一次魚十元，紙做的撈器很容易就會因潮溼而破敗，女兒和我，不消一分鐘，便相繼宣告失敗。兒子繼續奮戰了幾十秒後，亦宣告束手，一條魚亦沒撈上。三人同時認定憑那般脆弱的撈魚器想要撈上魚來，其成功機率無異於零，老婆婆當然不承認。

雨仍舊強勢地下著，不時地有些零碎的雨滴濺到方盒內，打起一個個小漩渦。沒有人願意回去騎樓陪伴那位看來相當孤單的老爸，仍興致勃勃地圍看各色小魚在盒內和小漩渦玩著躲避的遊戲。三人俱身無分文，掌理財務的男子正目不斜視地望著前方，那般正氣凜然，估量著要遊說他再度掏出錢來投資這幾近有去無回的賭博遊戲恐是難上加難，因此，我們只能戀戀不捨地對著兩盒的小魚品頭論足，不時爆出驚奇的讚嘆。

不知是被我們的熱情所感動，抑或不耐我們久據攤位前，妨礙其他顧客上門，老婆婆突然決定送我們三條小魚，孩子們興奮地相互擠眉弄眼，老婆婆用塑膠袋當容器，三條小魚——二紅一黑，便在袋內優雅地活動起來。孩子們向老爸要了十元，買了一小包魚飼料，惟恐老婆婆反悔般地冒雨逃出街巷，招計程車回家。

回到家，三人在不同的容器間撿選著，把三條魚抓過來、擺過去，忙得不亦樂乎。一副事不關己模樣的外子在一旁冷冷地開口：

「你們這樣折騰，魚怎麼受得了！我保證過沒幾天，就會被你們活活整死。」

終於選定了一只原先盛裝豆花的小塑膠桶作為小魚的歸宿，大小適中，美中不足的是桶子不透明，無法從側面看到魚兒款擺的姿態。不過，總算聊勝於無。何況，在回程上，司機不也預言：

「這種魚你帶回去養，頂多活不過一個禮拜。」

既然牠的生命可能短如春花，就不必再大費周章為牠置產了，我心裡這樣想著。

第二天傍晚下班時間，那位外貌冷漠的男子小心翼翼地捧回一個迷你魚缸，迎著我們詫異的眼光，他一本正經地說：

「正因生命短暫，更要活得正大光明。」

不知是否錯覺，小魚換了透明魚缸，似乎更形活潑了。整夜，我們放下手邊的工作及功課，興奮地圍著那只魚缸，目不轉睛地注視著魚兒在缸內賣弄風情。而那位為魚置家的男子則在換完魚缸後，便毫不戀棧地掉頭忙他所謂的「正經事」去了。

接連幾天，恰巧都有朋友來訪。來訪的友人不約而同地預示了小魚無法長壽的命運，短則兩、三天，多不過一個月。每個人在面對這缸小魚時，都情不自禁地懷想起生命歷程中的養魚經驗，而至侃侃而談地給予我們甚多的忠告。譬如必須在水中先培養一種什麼菌，使它更接近魚的天然生存空間；也有人警告我們每次為魚換水只能換三分之二，免得魚兒無法適應全新的環境；更有人主張裝進缸內的水必須經過隔宿的沉澱，才能過濾不利於魚的化學成分……七嘴八舌，人人皆有一套看似頗有根據的養魚經。我們唯唯以對，全不拿這些話當一回事，依舊用最野蠻的方式畜養。心中隱隱地有一種奇異的矛盾存在——既害怕預言成真，又懷抱著魚兒隨時會翻白肚的預期心態，每天踏入家門前，常是充滿著這兩種情緒交纏的亢奮。孩子們慣常在走出電梯門回家的剎那，朝我問：

「死了嗎？」

魚兒加入我們生活後的第一個星期天早晨，那位律己甚嚴的男子仍一如往常般清晨即起，等到我們三人慵慵起身，發現他已慢跑結束，並自建國花市攜回水草、小石子等，正認真地為小魚布置新居。第二個星期天，又帶回了一只空氣幫浦，然而，魚缸太小了，插上電流的幫浦在缸內如翻江倒海般攪起，小魚們走避不及，被震得暈頭轉向，孩子們驚叫連連，他才訕訕然拔起插頭。這位原先對養魚抱持鄙棄態度的男子正一點一滴地散發他潛藏內心的深情，當孩子們逐漸對魚喪失了熱度後，我發現外子不知從什麼時候開始完全接手了餵魚的工作，不時地還會坐在魚缸前露出疼惜的眼神。

小魚以極其緩慢的速度成長，尤其是那條黑色的魚，幾乎是堅持著牠迷你的身段，一點也不肯長大似的。雖然如此，我們仍不敢多給牠一些食物，惟恐牠們吃壞了肚子。魚兒非常精明，平日你走近和牠們打招呼，牠們總是不大搭理，兀自趾高氣昂地穿梭著；但一旦聽到飼料盒子敲打在魚缸邊發出沙沙的聲響，牠們即刻忘記維持驕傲的身段，張大嘴巴露出饞嘴的模樣，直立起身子索取食物。

「死了嗎？」三個字逐漸在生活中被淡忘。出乎意外地，這三條小魚展現了強韌的生命力，似乎是故意和所有的預言賭一口氣般地活得愈來愈起勁。一年半過去了，魚兒依然無恙，那些預言家們幾度光臨，都嘖嘖稱奇。

過年前，我們舉家有一趟美西八日遊。為了替這三條魚選擇一個寄養家庭，我們傷透了腦筋，總算在臨出發前，鄭重地託付樓下的鄰居，殷殷交代了養魚須知後，方才悵悵然上路。

八日遊歸來，父女二人迫不及待去迎回睽隔已久的魚兒們，許久之後，才見二人神色黯然回來，手上捧了個空魚缸。魚兒死了！真教人不敢相信！我們臨走時還在那兒翻觔斗耍寶的魚兒，竟然在八天之內相繼不明原因的死去。寄養家庭的爸爸、媽媽再三致歉：

「實在是不好意思，也不知道是怎麼一回事，都按照交代的方法餵食、換水，突然就一條一條地死去……」

這下子，輪到外子花上不少時間去寬慰那對無辜的夫婦，竭力使他們相信我們一些兒也不在乎。

行李尚未整理，全家籠罩在沉重的氣氛裡，外子和我則彼此相互安慰：

「本來以為只能活一個月的，又多活了那麼久了，不錯了啦！」

「不過是三條不起眼的小魚罷了！反正我們也忙，死了正好不必再那麼費事……」

「……」

然而，說著，說著，我們仍然情不自禁地要探討牠的死亡原因。吃、住既然一切照常，難道是因為換了大環境，或者換了主人而產生的不適應症？難道魚兒們也會認生？或者魚兒竟以為遭到遺棄而心傷致死？當我提出這樣的想法時，立刻得到女兒的附議。我因之格外的感到自責，家中的另兩名男子則斥之為無稽。

空蕩蕩的魚缸依舊擺在客廳的老位置上，孩子們走過來、走過去，每回不經意間瞥見，總要央求：

「再買幾條魚回來養吧！」

外子總是一成不變地回說：

「別再給我找麻煩！每回興匆匆買了，沒兩天就撒手不管，最後總要我收拾殘局……」

然而，話雖如此，我亦見他幾次坐在缸前，一副悵然若有所失的樣子。

其後，一個星期天傍晚，鄰居那位幫我們養魚的先生出現在我們家門口，手上提著塑膠袋，袋內裝了四條金魚——三紅一黑，興奮地向我們說：

「上次把你們的魚養死了，一直覺得不好意思。本來在你們回來以前，已買了幾條魚想賠給你們，買回來才發現魚太大了，你們的小魚缸養不下。今早我去新店，在市場看到了些比較小的魚，就買了四條回來。」

家裡頓時又恢復了熱鬧，一再聲言不再養魚的外子看起來比我們都高興。這四條魚比原先的要大上一倍左右，在魚缸裡顯得擁擠了些，我說：

「缸子小了點，不過，湊合、湊合算了，誰知道養得活、養不活。」

外子沒說話，第二天下班回來，又捧了一個較大的魚缸回來，義正辭嚴地說：

「就算養不久長，也不能太虧待牠們，住家環境很重要的，可別讓人家說我們虐待小動物。」

接著，每隔幾日，我們就會發現，魚缸裡的配備又增加了一些，有人正不動聲色地擴大事端——先是一盞光亮的日光燈照得魚兒鮮豔精采；接著是一支小小的溫度計攀附水中的缸邊；沒幾天，又出現了一支自動加溫器，而水草、裝飾用的石子等更隨之日益精進。本來只是一樁隨興的消閒，經過這麼一攪和，似乎變成經國之大業。光為了對得起這些熱鬧非凡的配備，魚兒也不能輕易犧牲了。

不久，我們就發覺那條黑色的小魚與眾不同，除了嚴重鼓出的眼珠外，牠長時間潛身魚缸底部，就連餵食時，也不知上來分享。我們由是斷定牠不只罹患近視毛病，且還兼具耳聾殘疾，魚食敲打在魚缸邊緣的聲音，亦不能影響牠半分。我們都替牠擔心，惟恐牠餓壞了肚子，因為每回其餘三條魚已吃光了懸浮水面的魚食，牠還優哉游哉地在深處遊戲。

發現了這點後，那位屢次宣稱不再為魚兒費心的男人，每隔一段日子，便不厭其煩地把那條黑魚單獨撈到另一個容器裡餵食，等到牠把魚食吃光，再放回原來的魚缸內。一日，我從隔室看他正小心翼翼地撈起魚，口中喃喃地念著：

「不怕！不怕！傻瓜！是給你吃東西呀！要不然要餓死了！」

然後，倒下魚食，叨念著：

「快吃！沒人搶你的……吃完再讓你回去哦！」

我冷眼旁觀，那般十分令人動容的溫柔動作和言辭，竟是我和他同居十多年所未曾見過的，他猛一回頭，乍然見我正默然端詳，立即收拾起柔和的眼神，恢復平日理性的口氣，說：

「這條笨魚，不這樣餵，必死無疑！」

然後，撇下我錯愕的神情，昂首離開。

啊！這個男人，我想不明白。

——選自《如果記憶像風》，九歌出版社

賞析

周末的夜市，本該熱鬧的場景，因時續時斷的秋雨，給人閒適的放鬆。隨著兒子的目光一轉，視角從無聊等待天青的騎樓，投向傘下活潑靈動的撈魚攤。

開頭兩段，場景已五換：夜市、街道、商店、騎樓、傘下。緊接著，與男子分據故事主角的魚兒登場。搭配的角色除了妻子兒女，群眾演員更是功不可沒：絕不承認撈魚器脆弱的老婆婆、侃侃而談的友人們、負責全劇轉折的樓下鄰居，甚至，不甘寂寞的計程車司機，也搶到了一句台詞。主從分配得宜，使故事充滿生命力。

作者善用反差描述，看似事不關己的冷漠樣，卻「小心翼翼地捧回一個迷你魚缸」，讓人會心一笑，感到溫暖。穿插文中的對話，更添臨場感，這些對話或暗寫：一肚子養魚經的友人；或明寫：「正因生命短暫，更要活得正大光明。」一幕幕接替，大量的動作描述，生機勃勃，故事節奏輕快。

話語選擇具代表性，十足矛盾的「死了嗎？」展現童言童語的誠真自然。

以替魚兒選購水草、小石子與電流幫浦，側寫丈夫潛藏內心的深情。一個個疊覆的星期天，像潤浸的彩墨，絲絲點點向空白處暈染，將情意印在讀者心上。

男人和魚／廖玉蕙

作者妙語如珠，對生活體察入微，把看似平凡的瑣事，以抑揚起伏的筆法，矛盾詼諧的敘述，串成情、趣相融的故事。除了風趣幽默的文字技法外，文中真摯的情感，更是此篇動人的要素。

作者簡介

廖玉蕙，東吳大學中國文學博士。曾獲中山文藝獎、吳魯芹散文獎、五四文藝榮譽獎章等。多篇作品被選入高中、國中課本及各種選集。著有《古典其實並不遠──談中國經典小說的25堂課》、《阿嬤抱抱》、《在碧綠的夏色裡》、《後來》、《純真遺落》、《大食人間煙火》、《像我這樣的老師》、《五十歲的公主》……等四十餘冊；也曾編寫《文學盛筵──談閱讀，教寫作》《繁花盛景──台灣當代新文學新選》等語文教材多種。

父親與狗、母親與貓

柯裕棻

1. 院子裡的狗

大約十幾年前，父母養了條馬爾濟斯狗，純白，長毛，黑眼睛黑鼻子，體型不大，抱在懷裡剛好。我給牠起個名字叫露露，父母都說這像酒店小姐的花名，實在叫不慣。不過呢，露露、露露叫著，也叫出某種憨氣，竟然長成了一隻安靜老實的狗。隔兩年，牠生了一窩四小狗，三隻送人，其中某隻體弱多病怕活不了，沒敢送走，便留下來養，這病小狗眉清目秀，因此喚作漂漂。

這隻體弱多病的漂漂長大後極壯碩，性格嬌寵，善妒且刁鑽。因為自小多病，母親比較疼牠，牠便霸著母親，搶著抱，搶著吃，也搶注意力。那露則一貫溫吞，搶什麼都輸，老是愣愣的在一旁乾望，久了牠自知無趣，便另覓主子，常常到客廳去和父親窩在沙發上看電視睡覺。於是日常父母親各抱一條狗，餵食雖各自餵，但狗兒總是一起湊上來吃，也搞不清楚哪隻吃了哪隻還沒吃，因此這兩隻狗總是多吃一餐，長久下來，都胖大得不像馬爾濟斯犬了，追起貓來虎虎生風，完全是土狗的架式。

由於我和妹妹常年不在家，這兩隻狗陪著父母過日子，因此牠們自覺在家中的排序優於我和妹妹。只要我們回家，二狗必時時緊盯我們的一舉一動，漂漂尤其焦慮，跟進跟出盯得很緊，樓上樓下奔爬也不怕累。在牠眼中，我和妹妹大概是來搶地盤的巨犬，母親總是先餵我們再餵牠們，而我們又時常偷偷餵露露，這一切使漂漂非常不滿，牠有時絕食，有時四處便溺引起騷亂。而露露在這種時候就特別困惑，牠不再黏著父親，只是整天在屋子裡團團轉，搞不清楚該跟著誰才有東西吃。

某年春假天氣很好，春陽和煦，父母院子裡的鳥雀和松鼠非常活躍，當時某虎斑貓常在院子裡捕食鼠雀，二狗恨之入骨，我回家那幾天，這兩隻狗整日在玄關處打量院子。

一天午後我下樓時聽見院子裡有人輕聲說話，心中疑惑，便在樓梯轉角處放輕腳步。

是父親。講話的口氣非常柔和，我從沒有聽過父親這樣對誰說過話。我疑心也許是跟哪個女人講手機，於是小心翼翼地躡足下樓來。

玄關處只有漂漂趴著，整條身子貼著地磚躺成個犬字型，動也不動斜睨著我，視若無睹。我離紗門兩步，細聽父親講話的內容。院子裡有鳥鳴，一陣一陣從這裡的高枝遙遙呼應著直到遠處山腳下。

「你看那是什麼？那是不是小鳥？啊？露露喜歡晒太陽啊？乖乖呀露露乖。」我探頭，看見父親抱著露露坐在花圃邊的石台上，陽光晒得父親的頭髮和露露都白閃閃。

露露耳朵尖，聽見我從紗門看他們，低吠一聲，搖著尾巴轉頭看我。我只好推開紗門走出去。

父親有點不好意思，笑了起來。我也不知該說什麼，只好說：「怎麼不讓裡面這隻也出來走走？」我將紗門推開些，漂漂悠悠走了出來，惱怒著經過我，經過父親和露露，看也不看我們，一逕鑽到花圃另一側去巡梭。

我和父親都笑了。我說：「剛剛那些是什麼鳥啊？」

父親放開露露站起來，看著遠方的山說：「伯勞吧。」

2. 白狗與白貓

媽媽養了十年的馬爾濟斯犬「漂漂」，前年長腫瘤，死了。

這隻狗眼裡只有媽媽，有時近乎偏執。只要在家裡，不論媽媽走到哪兒，牠一定跟著。牠相當排斥我，時常故意將我從沙發上擠開，我跟媽媽聊天的時候牠還會想方設法引開媽媽的注意力。我有時抱怨這狗脾氣壞，勢利，諂媚，心機深等等，愈是抱怨就愈像個因為失寵而使壞的庶子，在背後說長道短。媽媽自然不為所動：「因為漂漂是真心的呀。」

父母家的後院很窄，洗衣晒衣都在這裡。平日狗兒是不許到後院的，所以媽媽洗衣服的時候，漂漂不能跟出去，就在後門邊死守著。那後院經常有一群松鼠出沒，松鼠不怕人不怕狗，常坐在圍牆上吃果子，還會朝地上扔殼，扔得滿地都是。松鼠手爪子長長的，眼睫毛也長，眼睛滴溜滴溜地轉，眼神舉止全然是鄰居的三姑六婆樣。只要有這群松鼠，漂漂就惱得幾乎發狂，總是掏心挖肺吠得媽媽進屋了才肯停。

媽媽在廚房做飯時，漂漂就端坐在廚房地板上看著。有時候媽媽就一手抱著牠，一手炒菜。這狗少說也有十公斤，抱一會兒就抱不動了。後來牠便學會了一個新把戲，只要媽媽把牠放回地上去，牠就坐在地上喊：「媽媽。」當然，這個發音對於狗兒而言很難，牠勉強發出的聲音是「啊嗚啊嗚」。只要牠這麼喊了，媽媽就喜呵呵地又抱起來。

這樣貼心的狗死了，媽媽難過得心灰意冷，說再也不養狗了。

貓狗兔鼠或鳥兒的壽命都不長，因此動物的死亡是養動物的人必經之事。我懂事以來家裡陸續養過約十幾條狗，有的走失，有的病死，也有誤食鄰居的老鼠藥而死的，每次都哭著說不養了，可是過陣子又會有人送來剛生的小狗，或是從路邊撿流浪狗回家，因此其實是一直都養著狗的。

漂漂死後，媽媽消沉了一陣子，雖然家裡還有別的狗兒，但是顯然漂漂是無可取代的了。

兩個月後我回家去，一進門就發現沙發上躺了一隻小小的白貓，短毛瘦長，麒麟尾，藍綠色眼睛，還給繫了紅頸圈小鈴鐺。長相完全像梁實秋的「白貓王子」，不過梁實秋的白貓是黃耳，這隻是純白的。

媽媽雖然固定餵附近的流浪貓群，但是從不在家裡養貓。我問：「你不是怕貓嗎？」媽媽抱著白貓笑著說：「沒辦法，牠自己來的呀，每天都到院子門口來等我。」我說：「咦，不是說不養了？」

媽媽笑著說：「哎牠是貓呀。貓不一樣。而且牠這樣小。」

小白貓喵嗚喵嗚趴在媽媽肩上，盯著我看，也不怕人。我伸手去摸，牠沒躲，可是警戒打量的表情看起來好像漂漂。撒嬌摩蹭夠了，牠又從媽媽身上跳開，在屋子裡巡梭一圈，嗚嗚叫著往後面疾行。

牠竟是到後院關切那些松鼠的行動去了。牠以爪子杷紗門，嗚嗚叫著嚇唬那些松鼠。

我跟著白貓往後面走，詫說：「這哪是貓，完全是條狗呀。牠有『犬魂』耶。該不會是漂漂投胎的吧。」

媽媽很高興說：「我也覺得這是漂漂！」白貓還沒有名字，平常就叫梟咪，此後，就襲名叫漂漂了。

——選自《洪荒三疊》，印刻出版社

賞析

由女兒的角度看毛小孩，寫父母與動物家人的情感。

作者寫動物，擬人性極強，生動多情。長爪子的松鼠是三姑六婆，安靜老實的露露溫吞憨氣，刁鑽善妒的漂漂宛如女王。

孩子離家的日子裡，毛小孩分擔父母的寂寞與哀愁，不須言語，便能相依。可愛的毛小孩總是歡迎你，陪你晒太陽，安靜地聽你說話，從不回嘴，撒嬌時很誠實，耍點小心機也很可愛，「因為漂漂是真心的呀。」

朝夕相處，一旦離世，更教人傷心。漂漂的離去，讓母親消沉了一陣子。兩個月後，作者回家，推開門，小小的白貓王子躺在沙發上。

奇怪的是，小白貓一連串的行動，竟與漂漂如此相似。

作者對母親說：「該不會是漂漂投胎的吧。」也許是慰藉，又或者冥冥中真有安排，但作者的一句寬慰，讓母親展露笑顏。女兒對母親的情感，盡在此中。

作者文字的音韻感，飽滿如海潮之聲，讀來如行雲流水，故事感、畫面十足。敘述似沃壤破土的新芽，以縮時攝影的姿態，瞬間纏繞讀者的目光，一片欣欣向榮。

文章的斷句擇字講究節奏，文詞使用更是精準到位。不論動作或形容，皆簡潔清晰，沒有曖昧不明或糾纏過度的填空。熟練的文字運用，使敘事風格活潑生動。下筆情切而有韻致，在家常瑣事中，書寫出清簡美麗的情懷。

作者簡介

柯裕棻，一九六八年生於台東，台灣彰化人。美國威斯康辛大學麥迪遜校區傳播藝術博士。現任教於政治大學新聞系，研究主題為電視文化與消費社會。曾獲華航旅行文學獎、時報文學獎、台北文學獎等。著有散文集《青春無法歸類》、《恍惚的慢板》、《甜美的剎那》、《浮生草》、《洪荒三疊》，小說集《冰箱》，編有對談錄《批判的連結》等。

家庭代工

◎宇文正

聚餐時Ｋ聊起了早年兄弟大飯店的盛況。侍者送上潮州蒸粉果，大家辨識其中餡料：花生、香菇、荸薺……說到荸薺，來自中部的Ｗ說童年時幫忙家裡的代工，削荸薺，常常削到手，「Ｋ在兄弟大飯店喝下午茶的時候，我在削荸薺削得傷痕累累呢！」講得可憐見的，眾人大笑，紛紛說：「Ｋ的確是貴族出身啊！」於是各自說起童年做過的家庭代工。

這票人大致以五年級世代為主，童年時台灣經濟尚未起飛，家裡做些代工是普遍現象，但是不同地域，卻也有不同的代工類型。Ｗ住中部，家裡務農，他熟知田事，種稻、插秧、收割都做過，家庭代工也以農事為主，因此還削過荸薺。L則說他幫叔叔家填裝過藥物膠囊。「什麼？膠囊還可以手工填裝？太不衛生了！」一時眾口紛紜：「你叔叔不會是藥頭吧？」

而我小時住基隆暖暖，基隆是港口，家附近有個冷凍工廠，許多女性到冷凍工廠工作。小時候常聽鄰居同學說周末去冷凍工廠剝蝦，她伸手給我看，手都泡白了，有時還會被蝦的尖刺刺傷。我自然不曾去過，雖然一樣窮困，我父母疼愛小孩，讓孩子去工廠打工，大概想都不曾想過。但也不是說我就是公主了，只是我們家的代工比較「溫暖」。

是真的溫暖，媽媽做的代工都是繡花、打毛衣、鉤鞋面之類的手工輕活，一年四季家裡經常堆著毛衣、毛線，熱啊！我們家門口有個小院子，陰天時，幾個媽媽常聚在院子裡繡花，出太陽或是天雨則移到我家客廳。在村子裡我們都喊「媽媽」，楊媽媽、龍媽媽、李媽媽……後來出了眷村才發現外頭喊女性長輩「阿姨」。媽媽們邊繡花、邊聊女人家的事，我則穿梭其間，幫忙「穿針引線」。要到現在，我的眼睛開始老花了，某日穿針，針線拿遠穿老半天，才忽然領悟，當年那些媽媽們是多麼的需要我呀！小孩兒眼神好，左手拿針，右手執線，滴溜一下就穿過去，再跑回我的家家酒玩具堆裡。幾分鐘以後又一個媽媽喊：「丫頭啊，過來一下！」

媽媽們做的不是那種細緻的刺繡，而是用粗針、粗毛線在織好的毛衣上頭繡上麋鹿、雪花之類的圖案，好像是外銷到歐美地區的成衣。我太小，沒讓我學繡，只叫我穿針，但我大哥有時興起也幫忙。大人們最愛看他拿針線，因為他是左撇子，左手拿針居然也能靈活刺繡，大人們便覺得備加可愛。

除了穿針，我專門跑腿，誰突然要什麼東西，便派我去她家拿。那時家家戶戶都不上鎖的，告訴我在哪裡，我便自己開門進去找。但找不到的機率很大，其他大人便笑，彷彿我多傻，後來證明多半是她們自己記錯地方了。大人的指令真的很奇怪。也是要到現在我才明白，記錯了，是很正常的呀！但有件事就真的是我傻了，那天媽媽們在院子裡繡花，我媽燒水，要我在爐子前看，水開了就叫她。我盯著那鍋子茫茫然，我怎麼知道怎麼樣叫作「開了」？專注盯著它，一看到水咕嘟咕嘟冒上來，這大概就是了吧？我踮起腳尖拿勺子去舀了一瓢，一路顫危危走到院子：「媽你喝喝看，開了嗎？」

眾媽媽們當然是笑翻了，母親嘆口氣：「生出這種傻丫頭！」

再大點，我便拿起針線幫忙了。搬來南港後，母親很快又能找到新的代工，這回是用鉤針鉤一種網狀鞋面，這種鞋賣到什麼地方我就不得而知了。

那時我小學六年級，阿姨開了成衣代工廠，媽媽白天去幫忙，晚上回來便鉤鉤鞋子，一邊看電視。我放寒暑假，媽媽照樣去阿姨那裡幫忙，我早上寫了作業，下午常主動幫媽媽鉤鞋子。母親回來發覺桌子上整整齊齊擺了一疊鉤好的鞋面，又驚又喜。啊，我這一生，是否隱隱全為了取悅媽媽而努力呢？

從小熟用鉤針的經驗，常讓我國、高中的家政老師「自嘆弗如」。大部分的花樣，我看一看便知道是怎麼織的，而我編織的速度如機器一般，同學眼花撩亂，常引起圍觀，像看馬戲團表演。交圍巾作業時，有時乾脆幫好朋友也織一條交差。這還曾引起同學間的「爭風吃醋」，鴨鴨在我的紀念冊上故作悲秋：「為什麼你送給〇〇的是一襲溫暖的圍巾，給我的卻是一片枯黃的落葉？」我大笑：「鴨鴨真是太沒氣質了，那片楓葉多美啊！」

民國六〇年代末至七〇年代初，電子業興起，掀起新的代工潮，我許多同學的家裡都在「做電子」，那是客廳即電子工廠的年代。但媽媽沒興趣，這段時間，她的「代工」業相當偉大，她當起了保母。坦白說，她要帶孩子，全家沒有人贊成，她實在不是那種好脾氣的賢妻良母，她性情剛烈急躁，翻臉跟翻書一樣。以前住眷村時，我最要好的鄰居妹妹小萍常在我家做功課，快月考時，媽媽考我們倆聽寫生字，小萍許多字不會寫，還被我媽打手心。她不能理解教過的字為什麼不會寫。我怕小萍挨打，常寫在橡皮擦上悄悄滾過去給她。我大哥叛逆期來得早，小學時被我媽揍，他躲進床底下，大聲宣布說他不要讀書了。媽媽說：「很好呀，你不要讀書，明天就去山上放羊！」村子後山上，真的有一些羊，但我從沒有見過「牧羊人」是誰。我只知道，當多年後我大哥決定去德國念書時，我們對他說：「你終於要去放洋了！」

媽媽幫人帶孩子，大概會搞得全家不得安寧吧？大家覺得我們忍受她也就算了，別人家的孩子……還是別鬧了吧？事實證明，對待別人的孩子，或者，也許媽媽年紀大些了，真的不太一樣。鄰家兩歲多的小妹妹來我家，五個人寵她。吃飯時，她說「要蝦蝦！」，馬上有人剝好獻給她。她媽下班回來帶她帶不走，我媽說：「你先回去休息一下再過來帶好了。」她媽苦笑搖頭。這種心情，我做了母親才懂，孩子託付給別人，知道她被疼愛，放心了，可是她若從此跟自己不親了呢？多複雜的心情。小女孩很快即將有弟弟，她媽仍希望我媽帶，我們全家再度投反對票，懷疑她現在耐性還不錯，是因為恰好這女孩子好帶，再來一個，絕對雞飛狗跳！但男孩一出生，媽就去醫院探望，回來堅定地宣布，這個孩子她帶定了。我們反對當然沒用，不堅持己見，就不是我媽了。滿月後，小名「小宗宗」的男嬰來到我家，我們恍然大悟媽媽為什麼非帶不可，這個嬰兒真的太可愛了，他馬上虜獲全家人的心。

母親過世時虛歲剛好五十，告別式上小宗宗的母親帶著他們姊弟來給母親遺體磕頭，感懷母親慈愛把他倆帶大。說起來，母親生我大哥時才剛滿二十歲，四年裡生三個孩子，換成我，會不會急躁呢？到她帶小宗宗姊弟時已經快四十了，她已成長，我們卻還當她是那個二十歲的新手媽媽！媽媽一生，不曾正式上班工作過，以不間斷的各式家庭代工，加上爸爸微薄的薪水，讓三個兒女接受高等教育。因為父親獨自渡海來台，她一生沒有公婆姑嫂、沒有同事，不懂得人際之間的幽微，不知爭鬥，她最後的代工任務，是純真的嬰孩，以致她離開這世間時，仍然純真得像孩子一樣。

——選自《那些人住在我心中》，有鹿文化出版

賞析

聚餐時聊起的話題，輕鬆熱鬧，彷彿能聽見眾人你言我語的輕鬆愜意。作者先將眾人的代工經驗、有趣的互動寫在前頭，接著才從冷凍工廠的對比，轉向「暖暖」的家庭代工。

當大人繡花、打毛線時，年幼的作者就坐在一旁扮家家酒，間或穿針引線，家常氣息濃厚；而偶爾興起，左手靈活刺繡的大哥，則逗趣可愛。專門跑腿的她，有時也會犯傻，舀了一瓢熱開水，引得眾媽媽笑翻。

搬到南港後，作者以針線幫忙，主動幫媽媽鉤鞋子，讓母親又驚又喜。熟用鉤針的經驗，常引起圍觀，甚至引發同學間「爭風吃醋」，惹得她大笑。後來，母親的家庭「代工」轉為保母，鄰家兩歲多的小妹妹身邊，圍著五個人寵愛。可愛的小宗宗更是虜獲全家人的心。

全文熱鬧溫馨，作者說故事，不是一個人的獨語，而是與所有人分享她的生活。無論是聚餐的友朋，還是歡聚的家人，每個畫面都以溫柔坦率的話語呈現。說起大哥小學時的叛逆，不忘回過頭來調侃出國求學的兄長：「你終於要去放洋了！」總是伴隨著「我們」，不輕易把誰落下。

記得相遇的美好，讓溫柔住在心中，或許是作者能吸引讀者閱愛的泉源。

回憶過去的同時，今日的作者也以寬諒成熟的眼光，諦視往昔歲月。如今的她能了解老花的不適，懂得為人母的複雜心情。這些體悟，讓她更成熟、圓融，像清澈溪底的鵝卵石，在爍爍陽光的照射下，透過清晰的文字，展現圓熟的寬容與深情。

作者簡介

宇文正，本名鄭瑜雯，東海大學中文系畢業、南加大東亞所碩士，現任《聯合報》副刊組主任。著有短篇小說集《貓的年代》、《台北下雪了》、《幽室裡的愛情》、《台北卡農》；散文集《這是誰家的孩子》、《顛倒夢想》、《我將如何記憶你》、《丁香一樣的顏色》、《那些人住在我心中》；長篇小說《在月光下飛翔》；傳記《永遠的童話——琦君傳》及童書等多種。

父王

◎蕭蕭

大哥：

最近父王常感頭昏，醫生也未說明原因，目前正在吃藥，略有好轉跡象，父王要你們不必掛意。

你需要的玄天上帝護身符，父王已在昨天深夜求得，縫好香囊，再讓美暖為你帶去。父王交代：一定要掛在車內顯眼的地方，不可帶進廁所等不潔之處，請注意。

二弟謹上

弟弟的來信，十幾年來大約都是這樣，「挾天子以令諸侯」，他的信中一直稱父親為父王。國父說：民國的建立，就是要讓全國四萬萬五千萬同胞都當皇帝。所以，「朕」以為弟弟這樣稱呼父親，實在是最恰當不過了。

在我們「宮」中，父親真的就是父王，從小我們都怕父親，老鼠看見貓那樣。小時候，我因為上面有祖母頂著，總算還有個避風的港灣；弟弟們長成時，祖母已經駕崩，我們完全失去可以依傍的蔭佑。不過，也從這一年，我們發現父親好像也失去了他精神上的某一個依據，也有落寞、無言的時候。

不知道為什麼會那麼怕父親。直到來到女子學校以後，學生要求我永遠保持微笑，說她們怕見我不笑的臉，我才想起父親的臉也是這樣「不怒而威」。怪不得前些日子有個女孩子說我的臉很有「氣派」，同是這樣有氣派的臉，使我們小時候永遠「立正」跟父親說「是」。

我們難得看見父親笑，雖然父親的臉上有個很深的酒渦，笑起來好像一朵花在水池子裡漾起漣漪。

我們難得看見父親笑，雖然父親口中有著兩排潔白無比的牙齒，笑起來好像黑人牙膏的廣告。

不過，我們常聽到他跟厝邊隔壁的阿伯阿嬸聊天時，那幾聲宏亮的笑聲，真的像山寺裡的鐘響。

其實，不止我們怕他，鄰居的小孩也怕他。哭個不停的小孩，看到父親走過來，嚇得連哭聲都吞回去。如果父親再衝著他露齒一笑，這個孩子往往不知所措，要等父親走得很遠很遠了，好像忽然想起什麼，哇的一聲，驚天動地，哭了起來。

除了我們兄弟，父親不曾對誰凶過。父親凶起來，講話都非常簡短，訓詞也很扼要，一聲「站好」，就足夠我們反悔好久了。有一次，我們一大群小孩在玩，我打了一下弟弟，剛好被他看見，他氣極了，喊了一聲「過來」，除了我和弟弟以外，竟然還有三個小朋友也臉色蒼白地跟著跑過去，挺挺地站在他面前。

叱吒則風雲變色！

不過，獅子不一定常發威。父親說：「常常大小聲的一定不是獅。獅，是深山林內的獅；知，是心肝內的知。」這幾句話是用台灣話說的，我很喜歡，所以記得十分清楚。獅子不會常發威，真正的「知」也不是時時掛在口頭上。刻刻向別人炫耀的，那不是真知，不是大智。所以，小時候，父親就是我的天。我不知道天有多高，天有多大，因為父親的「知」藏在他的心肝內，偶爾透露一點，對我來說，那就是一片森林。直到今天，我還常常在課堂上引述他說的話，不能不珍惜那話語中的一草一木。

我是長子，每次祭拜祖先時，都指定我跟在身邊學他燒香、燒金，學他口中念念有詞。只是到現在，我還不知道他跟祖先嘀咕什麼。每次我都祈禱：「神啊，祖先啊！保庇阿嬤、爸爸、媽媽身體健康，保庇我會讀書。」把這兩句輕聲念完，斜過眼睛看看父親，他還在念念有詞；我只好再請神啊祖先啊保庇阿嬤、爸爸、媽媽身體健康。重複了好幾遍，祖先都快要不耐煩了，父親的祈禱詞還沒說完。我不能不承認：父親比我有學問多了！

有一次忍不住問他：

「阿爸，你都跟神說什麼？」

「求神保庇咱大家啊！求神給咱們國泰民安啊！」

風調雨順，國泰民安，這樣的成語不是從書本上認得的，而是父親傳授給我的。人，神，家，國，好像從一炷香的裊繞裡，那樣諧和地融揉在一起。我學不來父親那麼長的祈禱詞，但我學會他的虔誠，學會他的國泰民安。

每次自我介紹，往往我這樣開始：「我姓蕭，我爸爸也姓蕭，所以我叫蕭蕭。」這是開玩笑的話。接下來，我總鄭重其事地說，慢慢地，說：

「我是，農夫的兒子。」

士農工商，誰是四民之首，我沒有特別的意見，但我以父親是農夫為榮。雖然父親很可能是四千年來我們蕭家最後一代的農夫，雖然我一點都不像拿鋤頭長大的人。但我時時警惕自己，要能挺得直、挺得住，要能彎下腰工作，要能吃得了苦，耐得住寂寞。

我最羨慕父親身上那一層韌皮。古銅色的肌膚真是農夫的保護色，那是太陽炙烤的、雨淋的、風颳的。

光滑的韌皮，蒼蠅昆蟲不能停留，蚊蚋不知如何叮咬；睡覺時，從來不曾掛過蚊帳、點過蚊香；光裸的背肌、臂膀，平滑得像飛機場，只是蚊蠅卻永遠無法下降。

那真是發亮的背肌，一堵不畏風寒的牆。

手腳上的厚繭又是一番天地。不論怎麼撕，依然胼胝滿掌，特別是腳掌上的厚繭幾乎已成了鞋一樣的皮，甚至於龜裂出很深的痕。我曾看見父親以剪刀修剪那層厚皮，彷彿在裁減合身的衣物。

「阿爸，這樣不會痛嗎？」

「怎麼會痛？這是死皮。」

一層血肉皮膚，如何踩踏出另一層死皮？礫石、炙陽、凍霜，不盡的田間路，來回的踩踏，我不曾看見父親皺眉、嘆氣。父親不怕冷，不怕凍，不怕霜。再寒，也是赤著一雙大腳在田埂間來來去去。他常說：

「沒衫會冷，我有一襲『正』皮的衫啊！」

這樣開朗而幽默的話，當然多少也遺傳了一些給我。每次穿著那件仿製的皮外套，總有人問我是不是真的皮衣，我的答案斬釘截鐵：「真皮——」，相當肯定：「——真正塑膠皮。」

所以，就父親而言，皮已如此，牙齒就更不必說了。他永遠不能想像牙齒會痛，他說：

「騙人不識，不曾聽過石頭會痛的！」

牙齒像石頭那樣堅硬，怎麼會痛？到現在他還不知道什麼叫作牙齒痛——這一點，好像我的學問比他大些。

只是，面對天空，我又囁嚅了。

我不敢跟他形容牙齒疼痛的樣子，我漸漸學他忍耐人生苦痛的那一分毅力。

——選自《父王‧扁擔‧來時路》，爾雅出版社

賞析

以弟弟的信開頭，開篇闡明文題「父王」的由來。

全篇明朗幽默，流暢中無處不是情感，甚至不知何時過度，就這麼一路跟著作者的敘述「悅」讀，認識他口中難得一笑的父親。

作者形塑出不怒而威的父親，緊接著用了兩個「雖然」語句，以酒渦、牙齒寫父親的笑容，說常聽見父親與鄰居聊天的笑聲。比喻、形容的詞彙用得貼切有情：花是柔軟的，輕輕落在水池子裡，淡淡的漣漪；牙膏上的笑臉圖親切開朗，充滿朝氣與熱情；山寺的鐘響宏亮沉穩，讓人安心。這些意象平衡了嚴父的形象，寫出其開朗豪爽的多面性。

文中溫情、幽默與敘事的風格並行，寫父親叱吒則風雲變色的威嚴，還拎著三個立正聽令的小朋友，讓人會心一笑。接著以「不過，獅子不一定常發威。」帶出父親身教、言教對他的深遠影響。父親對人，神，家，國的信仰，對土地、生命的熱愛，忍受生命苦痛的毅力，無一不鼓舞作者，「……時時警惕自己，要能挺得直、挺得住，要能彎下腰工作，要能吃得了苦，耐得住寂寞。」

作者以純熟的文學技巧，寫珍視的親情互動，將溫暖、幽默的正面力量帶給讀者。這不僅是作家美好特質的展現，更是立志承續父親品德的兒子，對父親最大的讚揚。

作者簡介

蕭蕭，本名蕭水順，台灣彰化人。輔仁大學國文系畢業，台灣師大國文研究所碩士。現任明道大學中文系教授，是一位長期關注台灣現代詩發展的現代詩創作人、教育工作者及評論家，並曾獲圖書金鼎獎、中興文藝獎。著有散文集《父王・扁擔・來時路》、《暖暖穴壺詩》、《老子的樂活哲學》、《少年蕭蕭》、《放一座山在心中》等；詩集《緣無緣》、《雲邊書》、《凝神》、《雲水依依》等；學術論文《現代詩學》、《台灣新詩美學》、《現代新詩美學》、《後現代新詩美學》等。

父王／蕭蕭

輯二　時間之門

壞人壞事代表

◎王盛弘

1. 撲滿

圓型糖果盒是我的撲滿原型，一向疼愛我的大伯母幫忙保管著，我把一角鎳幣，五角、一元紙鈔交給她，她在我面前放進糖果盒，蓋嚴；有時我問，存多少錢了呢？大伯母便自衣櫥深處取出糖果盒，算數給我看。

將錢交給大伯母，是要比交給父親母親來得可靠多了；這個世界若真有純良的好人，我心目中的大伯母要算一個。

大伯母晚年遭逢病痛摧殘，我回竹圍仔探望，她勉強自床上坐起身來，聊了幾句後相對無語，突然地她冒出一句話，我這輩子也沒做過什麼歹代誌，想不通怎麼會受這些拖磨。我聽了，眼眶發酸，吶吶安慰幾句，心中感到茫然。這時候我的年紀已經略懂得人生實難的況味了。

最典型的撲滿是肥墩墩的小豬造型，但全都在飽食後挨上一刀，沒能留下來；倒是有個大阪城造型撲滿，底部設有機關可以旋開，是姑姑自日本帶回的等路，肯定還在家裡某個角落。

小時候常見母親將錢幣餵進大阪城，但我拿它在空中搖晃，卻只聽見幾枚硬幣空空洞洞撞擊著。心裡納悶，便留意著動靜。

謎底很快揭曉，我撞見父親正倒拿著大阪城掏錢。父親雖不是什麼在家人面前擺派頭、端架子的人，但總是「父親」，他心虛囁嚅著，想，想買包菸。他尷尬地笑了一笑。

我思量著該不該向母親通風報訊，終究還是決定說了。才開了話頭，馬上遭母親打斷，母親以彷彿自己才是被撞破了祕密的那種不讓人聲張的音量說，沒多少錢啦。一時我也就明白，父親出手大方，口袋空空如也是常有的事，拉不下臉為了菸酒小錢向母親伸手，母親也不說破，只是把錢存進撲滿任父親取用。

在外飲宴也是這樣的，臨付帳時母親自口袋取出幾張鈔票，桌底下偷偷交給父親，讓他作面子。

這些，我都看在眼裡。

2. 颱風天

《中視氣象台》裡，主播馮鵬年比著氣象圖，警告颱風就要來了。

那時候，大地尚未被破壞得像名重症患者，並不颱風一過境便造成上億農損，動輒有人喪生，或者也有，但因沒有媒體煽情報導，所以不太意識到嚴重；反倒地，颱風就要來了，學校停課，家裡進入備戰狀態，小蘿蔔頭們跟著忙進忙出，竟有點兒興奮。

大人急著疏通排水道，將雞舍鴨舍蓋嚴，窗玻璃上貼膠帶，我則把簷廊上一排花草一盆盆抱進屋裡。父親母親手頭上的工作告一段落，邊笑我食飽太閒，邊幫我挪桌子椅子，擺滿一屋子盆栽。

總是很快便停電了，母親點亮蠟燭，忙家庭代工。我翻開素描簿塗鴉。小弟在牆上打手影，一會兒飛鳥一會兒蝴蝶，一會兒小貓喵喵一會兒小狗汪汪。屋外驚天動地，屋子裡全家聚在一起，燭火映照下一片寧馨。

父親自豪他的毛筆字寫得好，大哥說自己的更好，我也不服輸。那來比賽吧！三人分頭研墨、準備毛筆、在桌上鋪舊報紙，約定好一個字後三人輪流寫。三個字並列在報紙上，各說各的好。自覺得遜色的人並不就此作罷，只是說，那再寫一個字吧。

老實說，儘管只有小學畢業的學歷，但父親的字寫得最好，我當兵時他寄信到軍中，唱名發信的班長問我，你爸爸是在做大官嗎怎麼字寫得這麼美？近十年來父親左半邊身體行動不方便，但還能寫字，偶爾接到他自竹圍仔轉來的信件，信封上幾行字仍寫得端正，我看著便感覺安心。

我拿作文比賽的獎狀向父親要獎品，倒讓他自吹自擂起來。父親是要我感謝他的遺傳，讀小學時他的作文一級棒，但有一回老師卻硬說是抄來的，不服氣的他拿粉筆在黑板上即席作文，才爭取到了自己的清白。我聽著，說你氣球吹得這麼大，也不怕吹破了。

颱風天哪裡都去不成，沒有酒伴父親也就不喝酒，他說，出個謎語讓你們猜吧。但翻來覆去卻都是同一個——一陣風，一陣雨，一條金蕉落入土。

頭一回大家還認真猜著，之後父親就只能接收到嫌棄的表情了。母親沒好氣回他臘薩鬼。三兄弟學舌，臘薩鬼臘薩鬼地叫著。父親一把將小弟摟進懷裡呵癢，掙不脫的小弟歌歌歌地笑著。

3. 壞人壞事代表

國中時，因為打算申辦身分證而去驗血，看著血型報告書我滿腹疑惑，為了壯大心中的猶疑因此更直截了當發問：請問醫師，如果父母都是O型，可能生出B型的小孩嗎？

醫師回答：不太可能。說是不太可能，但我感覺到的是，那謹慎的怕戳破了什麼的語氣，意思其實是絕無可能。

騎腳踏車自小鎮奔回竹圍仔，不敢開口問人，趕忙找出戶口名簿。父親，O型；母親，我舒了一口氣，母親和我一樣，我們都是B型。難怪，當時我終於找到理由似地想著，難怪我總與母親同一國。

這些年寫作文章，常會提到身邊人物，不管親人或情人，下筆時我多帶著一份溫柔，惟獨面對我自己和父親，不太留情面。

寫自己不管再如何自以為不留情面，詮釋權都掌握在自己手中，說到底皆出於絕對主觀，若有什麼後遺症也是自作自受。父親不同，也許我是塑造了他，而非寫真了他。

父親是我筆下的壞人壞事代表，只透過我的文字認識他的人，大概都斷定他是社會與家庭的雙重失敗者吧。

我們聽見外邊流傳的閒言閒語，總是忍不住辯解——「事情不是你想的那樣。」「其實我心裡的想法是……」「你記錯了，當時的狀況是……」「你誤會我了。」……但父親從沒抗辯過，也因此我書寫時更加毫無顧忌。是因父親沒看過那些我寫他的篇章吧？

十多年前我得過一個故鄉政府機關舉辦的文學獎，唯一的一回父親陪我出席贈獎典禮。會後有個茶會，我急切地想與寫作同儕說說話，匆匆將父親撇下。十餘年過去了，每當腦海閃現那個急於擺脫父親的我自己，我便感到心虛，後悔不已，企圖將念頭很快轉移開去。

父親獨自離去時，手上抱著的除了獎牌獎狀，還有一冊得獎作品集；在我的得獎作品裡，父親是個耽溺於酒精，讓妻兒活在家暴陰影底的不得志男人。那本書一度長期擺在父親的床頭，沾有幾枚漫漶的指紋。

我確信父親讀過了，但是他沒有作聲。

也許，放手、放任，是父親對我的寫作、我的人生的支持，哪怕我曾不與他同一國。

——選自《大風吹：台灣童年》，聯經出版社

賞析

有些往事，隔得愈遠愈能看清它的模樣。經過世事流轉，再看前塵，終於有勇氣療癒，原諒因疼痛而反擊的自己，願意在癒合後，凝視傷疤的美麗。

作者以乾淨的文字，為童年往事擦拭磨光，使得淘洗後的日常，顯出溫暖的光芒。

疼愛作者、晚年為病痛所苦的大伯母，為父親掩飾的母親，寫得一手好字的父親，以及一起笑鬧的三兄弟，都在綠光一瞬中，化為模糊而柔和的身影。

隔絕狂風暴雨的屋內，燭光搖曳，母親趕著家庭代工，父子寫字說笑。屋外風強雨驟，反倒促成一家寧謐的和諧時光。

寫作是自身經驗的重組，是當下的自己與過去對話，從中萃取生活感悟的過程。作者塑造的各色人物，由內心影像投射，要將人物真實呈現，本就是難事，形塑的角色要轉印到讀者心中，更是考驗。

這些人物，少有申辯的機會，正如作者對讀者的解讀，難有再詮解的契機。百種讀法有百種感悟，當父親靜靜讀著兒子筆下的自己時，會不會有陌生疑惑的不適呢？

「那本書一度長期擺在父親的床頭，沾有幾枚漫漶的指紋。」

作者相信父親的不作聲，放手、放任，是對他人生、寫作的支持。能抱持如此信念，不正是作者對父親情感的寫照嗎？

作者簡介

王盛弘，台灣彰化縣人。輔仁大學大傳系廣電組畢業，台北教育大學台灣文化研究所肄業。曾獲金鼎獎、時報文學獎、林榮三文學獎、梁實秋文學獎等眾多獎項。二〇〇二年以「三稜鏡」創作計畫獲台北文學寫作年金，後擴充為三部曲，二〇〇六年推出以十一個符號刻畫海外行旅見聞與感思的《慢慢走》，二〇〇八年出版描敍台北履痕與心路的《關鍵字：台北》，《大風吹：台灣童年》為此一計畫的壓軸，凝視十八歲出門遠行前的童少時光。另著有散文集《一隻男人》、《十三座城市》等書。

懵懂時光

◎楊索

我對母親最初的印象，大約是五歲時。一個寒冷的冬天，我的身上長著凍瘡，鼻涕直流，在一個三合院門口，有人要給我們一群小蘿蔔頭拍照，照相的人將鏡頭對準我們，我站在最邊角，母親站在門後面，她的面容模糊。

有一回厝舅與厝妗從崙背來台北，他們對父母稱讚我：「伊細漢時就真識代誌，當時伊也才三歲，阮來作人客，吃飽飯，一群小孩就圍上桌，只有伊講，阿母呀沒吃，恁哪ㄟ偲先吃。」這件我不記得的事，往後，母親還常常提起。

追索記憶，在懵懵懂懂的年代，我和母親也曾經有過甜蜜相處的時光。台北市中華路的第一百貨公司開幕時，母親帶我和姊姊去逛過。那一年是一九六五年，我六歲。我記得，我們三人靠著電扶梯，我覺得頭部暈眩，腳好像要被吸進電梯裡。母親在百貨公司買了土耳其藍帶金蔥的雙錢牌毛線，回家後，請人為我和姊姊打了兩件開襟毛衣。第一次逛百貨公司，第一次搭手扶梯，還有第一件毛衣，這一切讓我永久難忘。

那件土耳其藍間雜金蔥的毛衣，是第一件專屬於我，而非承自姊姊的衣服，我穿了許多個冬天，一直到毛衣漸漸失去光澤，袖口的毛線散了，我才不捨地放在床頭，當成洋娃娃般，夜裡抱著它。

初上小學時，我經常感冒、發高燒。母親總是在夜裡牽著我到一處人家按鈴，一個禿頭的男子揉著睡眼來開門，我們進去後，他即刻關上門，然後，在一盞暈黃的小燈下給我量體溫，用壓舌板撐開我的嘴巴，查看我的扁桃腺，最後在我的屁股打一針，並裝一袋藥給母親，囑咐她依照時間給我服用。三餐後及睡前，母親遞給我開水和藥粒，當她轉頭時，我把藥塞到牆縫。感冒拖延許久，她又牽著我的手去密醫處看了好幾遍。

小學二年級時，母親在擺攤，那也是我身體最虛弱的一段時間，有一回還在學校昏倒，讓同學們抬著回家。那段時期，母親上午去市場賣玉米，我下課後去看她，陪她做生意，等到傍晚，又幫她一起推攤車到夜市。沒有人買玉米的時候，母親找一穗顆粒飽滿的玉米，抹上鹽水，遞給我吃。有段時間，下課後，我去市場找母親，她就讓我去市場內的一家藥局打針，到底打什麼針，我不清楚，印象最深的是，每回要脫褲子前，我都害怕到發抖。

那時期的母親，是很安靜的人，她默默承受家計，很少聽她抱怨。

另有一段小二的記憶。那次，母親只帶我一人到民權東路的恩主公廟拜拜，那棟龐大的廟宇，煙霧裊繞，那尊巨大的紅面神像，看來令人害怕。母親牽著我的手排隊，人龍很長，每一列隊伍周遭，都有身穿長袍的男女手持香柱在為人收驚，輪到我們時，母親告訴一個阿婆我的名字、生肖、出生日期、地址，以及為何事來收驚，阿婆隨即念念有詞，將幾炷香在我身上拂過，隨後說：「關聖老爺靈顯，保你平安嘸代誌。」結束後，母親給我吃一個上面有顆桂圓的甜糯米，還有麥芽裹著白芝麻的麻荖。我們牽手坐四十五路公車回永和，在頂溪站下車後，走了很長一段路，才回到竹林路長巷內的家。

當我潛入記憶深處，找出這一天，那時我依附著母親，只覺得她的身影好高大，她的手好有力量。我猶記得，那一天的黃昏，雲彩中洩下金光，祥和地籠罩我們。

長大以後，一次和母親閒聊，母親說我小時候多病痛。最嚴重的一次是，在剛學會走路時，家裡只有我和祖母在，祖母在屋內洗衣，我忽然搖搖晃晃自己走出門，門外來了一輛載運磚塊的牛車，駕駛沒看到我，就把我輾過，結果我倒在血泊中，大家去呼喊祖母，祖母嚇慌了，抱著我往前奔去，有人喊：「叫三輪車！坐三輪車」，才有人在大馬路幫忙攔住一輛車，「恁阿嬤不知要去叨位，結果去一間永和ㄟ外科，醫生搖頭，說要送台大才有路用。」母親常說：「你的命是恁阿嬤救返來的。」但是，母親沒有說，那時她人在哪裡？

母親說，我出院回家後，她每天帶我去換藥。祖母和她也輪番帶我到崁頂（古亭）收驚，即使風雨斜飄的日子，她們也照常去。說到此時，她忽然伸手撥一下我的頭髮，接著說：「你左邊額頭還有沒有留下傷疤？」我起身照鏡子，撥開瀏海，確實看到一處不甚明顯的疤痕。

和母親的相聚時刻，或甜美或憂傷，那些片刻如潛伏的水流，表面看不見，其實仍淙淙流著。

我還記得，在我八歲時，我們搬家到竹林路尾端的河堤附近，那條長巷沒有路燈，八月的夏夜平房很熱，家家戶戶都搬出小板凳坐在屋外吹風，那時候，家裡只有五個小孩。母親坐在凳上給小妹餵奶。我們仰頭望著黑夜的星空，同時數算墜落多少星星。

母親指著天上星群，告訴我們「世界上有許多將相好官，攏是天頂星宿下凡變的。」我聽得一愣一愣，想不透星星怎麼變成活生生的人。

在那個夏季結束時，有一天晚上，巷口亮起一盞水銀燈，這似乎是巷子裡的一件大事，每一家人都出來聚在水銀燈下，有的帶來一壺涼茶，外省媽媽抱來一罐自製的餅乾。媽媽帶著我們也擠在人群裡，我們仰起臉看著泛出紫光的杓狀路燈，不解事的我牽著母親的手，感受到一種莫名的幸福。

我們家沒有電視，每當中午楊麗花歌仔戲放映時，母親就帶著我和姊姊到巷口的雜貨店看電視，我們到達時，有時歌仔戲已經開演，沒有看到已播出的段落總令我焦慮又心急。有一齣《薛平貴與王寶釧》是母親與我最愛的戲碼，每當苦守寒窯的王寶釧開口，母親的淚水就湧出來。

而每一回歌仔戲演完，我們母女回家後，我和姊姊迫不及待跳上大通鋪，用床單、毛巾裹著身體、頭髮，現學現唱，演起歌仔戲。母親就坐在床頭看我們胡鬧，她微微笑著，有時會糾正我的唱腔，說「愛擱多悲哀一點才有像王三姐。」

中視開台第一齣連續劇是《晶晶》，劇情是飾演媽媽的劉引商和女兒李慧慧母女失散，母親一直在尋找女兒。鄧麗君動人的嗓音唱出主題曲「晶晶、晶晶，孤零零，像天邊的一顆寒星，為了尋找母親，人海茫茫獨自飄零……」

「母親、母親，孤零零，像海角的一盞孤燈，為了尋找晶晶，春夏秋冬黃昏黎明……」

一夜又一夜，這齣連續劇牽動台灣男女老少的心，劉引商要憑女兒腳踝的一顆紅痣去尋找她，屢屢失望，甚至相逢卻不識。鄧麗君又唱出：「晶晶、晶晶，多次夢裡相見，落得熱淚滿襟，到何時？在何處？才能找到我，親愛的母親。」

那時，擠在別人家看電視劇的我和母親都淚流滿面，其實，全屋子的人也都在拭淚。當時十歲的我，還沒真正去承受現實的人生，看完電視，一家人抱著矮凳回家，擠在通鋪睡覺，我覺得很幸運，母親就睡在身旁。明天醒來，又是新的一天。

當我細細回想這些發亮的片刻，那我額頭尚無皺紋的年代，我曾是一個母親身旁的柔順稚子，對這個世界才睜開眼睛探索，對什麼都好奇。我依附著母親，那時候的她，影像模糊，但卻像溶溶月色，灑照在我身上。

——選自《惡之幸福》，有鹿文化出版社

賞析

時間巍然不動，離開的是人。共同的記憶疊成一重一重的山，留在身後。原以為崎嶇的過去，回頭張望，才發現，泥濘血淚中亦有寧馨時光。

作者以平靜沖淡的文字，撿拾散落在記憶中的珍珠，謹慎串集。

不管是第一次逛百貨公司、第一次搭電扶梯、第一次穿上屬於自己的毛衣，還是仰頭望著泛出紫光的杓狀路燈，生命中特殊的風景，誰與之見證，便同時分享生命，你中有我，我中有你。

這枝書寫社會的筆，回頭爬梳來時路，記錄糅雜在時代下的個人史。凍瘡、密醫、三輪車，夏夜乘涼的夜空，巷口雜貨店的電視播映，都是生命中獨特的印記。

作者以字摹音，原汁原味的對話，將生活場景重現。對社會狀態的描寫，猶如時代切片。不論是收驚後，坐公車到站，走著長長的路回家，還是看完電視，一家人抱著矮凳，回通鋪睡覺，俱是與母親相依的點滴。

全篇讀來內斂沉靜，如深深流水，覆蓋其中的甜蜜與憂傷。

或許人生是一段相遇又離散的尋覓之旅。我們各自埋頭咬牙，盡力跟上隊伍，卻不經意踏上另一條路。猛一回神，發現自己走失時，已離得太遠。縱想追尋，怕彼此都是風霜滿面，不似當年記憶，相見亦不識。

遺憾雖難彌補，幸而，仍有記憶中那些發亮的片刻，伴著旅人，一路前行。

作者簡介

楊索，有土味的台北人，出生於台北市萬華，在永和長大，是城鄉移民第二代，父母來自雲林縣，楊索對父祖原鄉雲林充滿思慕之情。曾任職《中國時報》記者多年，調查報導社會底層議題。平時熱愛閱讀、動物，特徵是緩慢，著有《惡之幸福》、《我那賭徒阿爸》散文集。

時間之門

◎方梓

夜裡，十一點半，你疲憊的一聲：我回來了。讓我懸著的心落坐下來。望著你高䠷身軀沒入房門；那扇彷彿時間之門，使你倏地長大長高了；從我的懷裡，從搖籃坐起，你號哭拒絕爬行，卻興高采烈的駕著學步車，橫衝直撞飆到餐桌下，爸爸塞一口飯給你，小叔叔餵你一箸菜肉；你飆到書房從我手裡拿了一只娃娃，然後你像個鬧鐘飆到剛睡醒大叔叔的房裡……。然後，從時間之門出來，你已是亭亭玉立的少女了。

你急著長大。

十個月你會走路會說：阿公走走走。一歲後指定爸爸或叔叔帶你去散步，一直到你進入小學就讀，你走遍了松山區附近的公園和商圈。你真的很愛走路，每次回溪頭阿嬤家，你央著姑姑帶你去大學池或神木，三歲的你和姑姑走到大學池走到神木，你堅持不要抱抱。回來，你嚷著：好累喔。立即睡臥在往二樓的階梯。

你是家裡第一個小孩，每個人都看著你出生長大；你出生時，姑姑打電話來問阿嬤，不是問生男生女，是問你長得像誰？因為姑姑擔心你長得像爸爸。你長得像外婆，白晰高䠷，但是眼睛像爸爸瞇瞇眼。在外公眼裡，你卻是最漂亮的小女生。出生後你就在外婆家，外公每天抱你去散步，鄰居笑你高突的額頭下雨淋不溼。外公生氣的抱你回家，跟外婆抱怨：這麼漂亮的小孩還敢嫌，莫非是眼睛脫窗？一歲後，我帶你回台北，外公哭著把你的所有用具全收藏起來……。

常常，我用小叮噹的任意門，把你和妹妹的童年、青少年拆開來，一段一段的進出回憶。

你喜歡說話，姑姑喊你小麻雀，你可以整天聒噪說個不停，對什麼都新鮮好奇。你喜歡結交朋友，二歲時，你看著幼稚園娃娃車或是路過公園旁的小幼稚園，總是眷戀的盯著，吵著要讀幼稚園，拗不過你，妹妹剛出生帶你去上幼幼班，一進園裡，你衝進小朋友堆裡，毫不生疏的玩了起來，中午去接你，你嚷著要讀全天班，第一天你就喜愛上學，不像妹妹，上了一年幼稚園哭了一年。四歲那年，對門搬來日本夫婦和小孩，你很快的串門子和小男生玩在一塊，小男生有個十分特殊的名字：相馬光好。他和你同一個幼稚園，有時你感冒留在家裡，他也不肯坐娃娃車去幼稚園。一年後，他們搬走了，你悵然好久。

我們都叫你Sunny，就像陽光一般；從嬰兒開始，你總是燦爛地笑著醒來，興高采烈的嬉玩。你的世界就是個童話；你說你是故事機器，吃飯嬉耍都要以故事的形式，每晚得餵你飽足的故事你才甘心入睡。外婆為了你學著說故事，外公在門外扮大野狼，好讓你在花蓮也可以填飽你對故事的飢饞。兩個家族的愛集寵於你，都認為你是最漂亮最聰明的小孩。阿嬤帶著在溪頭散步，你指著溪裡的石頭說：石頭在游泳呢。阿嬤說你聰明得像爸爸以後也可寫詩；外婆稱讚你伶俐像媽媽。在花蓮有外公外婆和舅舅舅媽呵護你，在溪頭有阿嬤和姨婆疼你，我很放心的在寒暑假將你和妹妹留給他們照顧。從小你就習慣遊走在三個家，也因為這樣養成你浪遊的習慣嗎？

二歲時我們發現你在叔叔的指定下，懂得分辨中國時報或聯合報，我們以圖畫方式教你識字，三、四歲你已可以自己閱讀童話書。一向被誇讚的你，在剛讀小學卻遇到了挫折。你讀的幼稚園都沒教你ㄅㄆㄇ注音，全班就只有你不會，老師沒有從重頭教起，你像個小傻瓜看著同學朗朗上口，只好盯著窗外，期盼早點下課。老師當你是適應不良的小孩，你以為全班你最笨……我陪著你一個一個認識注音，一遍一遍不斷地聽著錄音帶，重拾你的信心。

三歲時，你會問我你小時候怎樣，五歲時你會告訴二歲半的妹妹她小時候如何如何……小時候真的離你們好遠好遠了……無論從多遠的地方復返，我也必須走一趟你的成長之路，若要證明昔日已不存在，書寫是有必要的；但我卻害怕書寫你們，尤其是你，愛走路的你，似乎繞了一大段路，辛苦的走著。

什麼時候開始你不再問問題了？

望著緊閉的門扇，我也思索著什麼時候你開始關起心門？那是我的疏忽嗎？彷彿你還是飆著學步車的小小孩，現在從門裡出來的人卻是亭亭少女了，那個仰著頭要我抱的小女孩不見了，那個故事機器的小孩也消失了。那是，我從朝九晚五的工作轉到日夜顛倒的報社上班，晚上是你爸爸陪你們，爸爸是全然愛的教育，是完全尊重你們的想法，和管教較嚴厲的我截然不同。你的叛逆期，我正忙著新的工作。讀國中後的你愈來愈沉默，你的房門總是關著，你唯一來我的書房是找書。你在我書堆裡找書讀，我的書雜，你讀的也雜。高中後，你偏愛哲學和心理學，我們期盼你讀文學，你似乎不是那麼熱中，似乎刻意迴避，就連你得了學校文學獎的散文第二名，還是在學校教書從小看你長大的蕭媽媽告訴我們的。

更令我們訝異的是，兩個家族都沒有運動細胞的血源，卻讓你瘋狂的愛上打籃球，以為你讀了知名的女中，大概可放心了。誰知你飆籃球飆到不參加儀隊、不早自習、不晚自習，甚至不上課……你只看運動頻道籃球賽的節目，你的書架上擺的全是我們陌生的籃球明星的書，每晚你抱著球到附近球場找人挑戰。為了你要參加籃球隊，我託跑體育新聞的同事安排你見知名女性籃球明星，可是，你起步太慢，得從國一開始，你也不到一七〇公分，你的籃球員夢碎了。但在網路上我們看到你一篇一篇關於籃球賽的講評文章，有好多回應你的，在這個領域你得到自信，得到掌聲。這卻是我們並不認同的，你以更決絕的態度和行動來逼迫我們的認可。

我們認為那是一條岔路，會走得很辛苦的路徑，但是狂熱的你全力以赴，你就像一頭堅忍的獅子，自尊自負，暗地裡舔拭傷口……。就像你三歲半時，我跟著爸爸應邀到美國參訪數個月，把你和未滿一歲的妹妹託給外婆照顧，我從車後窗看著矮小的你佇立在門口，直到我們的車子消失在轉彎處。初始從美國給你電話你總是興奮的說著，後來你只要知道是我們打電話回來，就躲了起來，我們知道你想念我們……。

對於你的大轉變，愛你的兩個家族親人總是小心翼翼的探尋你的狀況，我們含糊的回答，支吾著關心的話語。回到溪頭阿嬤家，你總是把自己關在房內，或者早晚各一趟到神木區或走得更遠的山路，沒有姑姑陪你，也不再是阿嬤帶著你，你也不要從小就崇拜你的堂弟跟著你，你選擇一個人走，走離家更遠更險峻的路。我們只有等你回到家，心裡才落實下來。

然後，你著迷攝影，隨身帶著相機，有機會就拍攝。雖然你一再更換網站，每次都是最喜歡你的小叔叔去搜查出來，在網站上，我們看到你一幅幅愈拍愈好的照片，有些照片上寫著你的心情，你的想法。或許，你知道我們會去看，有些話是你刻意寫給我們看的，透過這些話語我們更了解你，卻也只能輕描淡寫的對你說些鼓勵的話；我們彼此了然於心，你了解我們默默的支持，我們也明白你正努力走回你該走的大路。

終於，你慢慢的把門打開了，房裡雜亂不似你國中時乾淨整齊得有條不紊，但你終於日日夜夜伏案苦讀，把昔日沒讀到的功課飆回來。

總記得你略過爬行直接學走路的模樣；在溪頭阿嬤家的和室，我和爸爸各據一頭，拿著布娃娃引著你起步，沒有學步車的助力，你只得搖晃、蹣跚的走，為了拿取我們手中的娃娃，很快的一天之內，你擺脫了學步車學會了走路。然後回到台北的家，你搖搖晃晃邁著肥胖的小腿穿梭在我們的房間，去叫醒貪睡的叔叔，爬上我的書桌抓著筆嚷著要畫字，或畫一個林柏維叔叔……。

日前，我們在公園附近的餐館吃飯。我指著公園那幾棵高大的阿勃勒，告訴你那是你很小很小的時候最愛玩的地方，七、八月間阿勃勒細碎的黃色花蕊如雪般飄墜，你喜樂的跳躍在石塊鋪成的小徑，小手努力承接著紛紛墜落的花朵。我說，現在我彷彿還清楚的看著你跳躍的身姿和你如銀鈴般的笑聲。

我們開始聊起你的童年，聊你和妹妹小時候，你又像小麻雀吱吱喳喳……。

如果真有小叮噹的任意門，我希望回到你叛逆期，陪著你走一段，不讓你繞路，直到你不再搖搖晃晃，直到踏穩腳步，行走自如。

——選自《中國時報・人間副刊》（2005.1.29-30）

賞析

進入生理與心理轉變的時期，孩子選擇一個人，走離家更遠、更險峻的路。深愛她的父母家人只能懸心以待，默默關懷。

孤寂是成長的必經之路，如蛻變前封閉的沉默與狂暴，但轉變能否蛻化成蝶？家人愈是關心在意，內心愈是巔危驚懼。

深愛女兒的母親，以溫柔的筆觸，細細記下整個家族與孩子一同成長的點滴。從幼時的共伴同遊，到網路的搜尋追索，所有人傾盡全心的愛，恨不能將天下最好的都捧到孩子面前。可即使浸泡在愛的蜜糖罐中，還是不能填滿所有的空白，總有一塊誰也觸摸不到的角落，教父母親長憂心焦慮，束手無策。

文章第二段的時光縮影極精采，幾乎是一詞一扣，如快轉的膠卷，刷地將懷中的嬰兒，化為亭亭玉立的少女。那扇時間之門，讓笑著醒來的嬰兒，成了關閉心扉的個體，將愛她的親人，隔離在外，苦待門開。

文中處處是母親對女兒的深情，字字句句都是十多年生活的凝結。沒有虛無幽渺的形容，只有踏實生活的足跡，每一條散步的路徑，每一朵墜落的花兒，在母親的記憶裡，全是女兒的身影。

這是母親對女兒的深情告白，吐訴無盡的愛，與深切的期盼：如果真有小叮噹的任意門，讓我陪你走一段，如當時，陪著你一個一個認識注音，重拾信心；讓我陪你走過這世間所有挫折，踏穩腳步，有勇氣走更長遠的路。

作者簡介

方梓，本名林麗貞，台灣花蓮人，文化大學大眾傳播系，國立東華大學創作與英文文學研究所碩士。曾任消基會《消費者報導》雜誌總編輯、文化總會企畫、《自由時報》副刊副主編、總統府專門委員，現為國立台北教育大學兼任講師。曾獲第一屆客家桐花文學獎優等獎、第四十四屆吳濁流文學獎小說類正獎。著有散文《第四個房間》、《采采卷耳》、《野有蔓草》；長篇小說《來去花蓮港》；兒童文學《大野狼阿公》、《要勇敢喔》等。

分離

◎徐嘉澤

還記得那晚，大姊說到她想出家，爸爸抬起頭來看了大姊一眼，確定沒聽錯後，又隨即沉默地看著報紙，媽媽只說：「你自己選擇的路，快樂就好」。

我，靜默地望著眼前的電視螢幕，懷疑著，她——我的姊姊，真的要出家了嗎？我開始思考到底是出了什麼問題，讓大姊想出家，但是在另一方面又抗拒去問大姊這些問題。於是，我在那段時間不斷地疏遠她，當她靠近我想跟我說幾句話時，我便逃得遠遠，出家是怎麼一回事，這離我所認知到的世界太遠，一個漂亮、聰明、孝順如她的大姊，到底為了什麼要拋棄身為女人的身分，而頂著一顆光頭去過著制式化且一無生趣的生活。

那段時間我開始逃避她的眼光和關心，家裡愁雲慘澹著，我想老爸、老媽的心裡一定直想著：「有個同性戀的兒子已經夠倒楣了，竟然連女兒都想不開要出家。」在大二那年，和家裡出櫃，關於自己的同志身分以及自己的情欲，當時母親愣著看著我：「你是開玩笑的吧！」我靜默不語的看著電視，白亮亮的螢光一定把我照得沒有表情，當老爸回到家時，我也抓住時機跟他說：「我喜歡的是男生」。老爸一臉錯愕毫不知道到底發生什麼事，他一定想說這是整人節目的拍攝現場嗎，於是老爸只丟下一句：「我不要聽你在那邊胡亂說」而離開客廳。

過了一個月和家裡的疏離期，大家又開始若無其事的生活，好像沒什麼改變的家庭，事實上已經朝著另一個方向走，和既定的目標截然的不同。首先，母親開始關心我的交友狀況以及愛滋、轟趴、用藥之間的關聯性，以及未來我該怎麼在無子依靠的狀況下過老年生活；老爸一天到晚緊張的問老媽：「你說我們要不要搬家？以免鄰居知道兒子的事。」大姊、二姊見怪不怪，沒有支持鼓勵也沒有反對激辯。每天大家還是聚在一起吃著晚飯，看似平靜的餐桌上，原本以為我的祕密已經夠令人驚訝，但當大姊宣布要出家消息時，大家的錯愕程度遠遠大於聽到我消息般的反應。

我像個長不大的孩子哭鬧著要糖吃般，要大姊不要出家，不然絕對不和她再說半句話，我躲她躲得遠遠，不讓她有任何接近我的機會，我不想了解她的想法，只想要她永遠作我的大姊，而不是另一個人，一個和我關係疏離的人。一日，老媽走進房門，坐在我的床沿看著我正在打電腦，她問：「最近有認識新朋友嗎？」

我知道老媽新朋友的含意，換句話說應該是：「有沒有喜歡的對象啊？」我答：「嗯嗯！」老媽沉默了會兒繼續說道：「那很好，其實你長大了，有了自己的人生，你出櫃時或許一開始大家都不適應，但現在大家都能接受」，老媽看看我身後那張貼滿我小時照片的牆，繼續說著：「同樣的，你大姊也有自己的人生，那個人生不是你說不願意、不想接受就可以抗拒或阻止它來臨的，就像你的出櫃一樣，這並不是說我們不接受、不想接受，你就會改變。你大姊決定出家，我相信和你出櫃一樣，都是經過一番煎熬才說出口，媽媽希望你能將心比心，如果家人能一樣的愛你、體諒你，為什麼你不能繼續愛你大姊，體諒她。每個人的人生道路不同，每個人都有自己的一片天，媽不想以自己的眼光來看或限制你和大姊，也希望你們學會用寬容的心去對待周遭的人，無論對方做的事你喜歡與否。」老媽聲音半哽咽地說完，然後關上房門走了出去。

我在我一個人的房間內靜靜的流著眼淚，不敢出聲音，怕被大家聽到了更難過，摀著枕頭眼淚撲簌的直掉，我也知道自己很幼稚，但想到大姊一旦出家代表著俗事羈絆的斷去，也就是，兩人間明明還是姊弟關係卻被迫在眼前隔起一道牆。

有些事情就是這樣，不會說刻意著不去提它，就不會發生。大姊快要出門了，我不知道她什麼時候才會回到這個家，不敢問，怕希望愈大失望亦愈大；爸爸請假在家，守在電視前，沉默，沒有多說一句話；媽媽紅著眼，沒哭，但我知道她昨晚一定睡不好；我，躲在自己的房間內，藉著整理東西來把自己的思緒整理好。

大姊進了我房門，我不知所措、不知該說些什麼，只是靜靜地看著手邊的書，大姊坐在一旁，突然塞了四千元過來，說：「以後我不在家了，你要好好的孝順爸媽……我也沒存多少，這四千元，你省著花。」大姊嗚咽地囑付著我，看得我心裡一陣抽痛，怕自己不捨而哭了出來，便只應道：「喔！」於是站起身來收拾起一屋子的雜亂，那錢我就丟在桌上不再看它一眼。

大姊終究是走出了家門，家裡多了分寂寞的寂靜，我從房內走了出來，看見爸爸正擦拭著淚水，一見我出來，便轉身進房，這是我第一次看到木訥的父親如此強烈的表達自己的情感，也才明白，原來沉默的父親總是自己默默的承擔許多的心事。

大姊在時，我總埋怨著為什麼飯桌上全都是素食，沒有丁點魚肉，而現在，望著飯桌上的魚肉，如果可以，我寧可用一生的素食挽回我親愛的大姊，我知道每個人選擇的路都不同，我也知道曾經擁有的，一旦不知珍惜，便會在不知不覺中失去，雖然大姊只是出家不是天人永隔，但那種感覺，實在無法言喻！

以前，每當跟大姊鬥嘴時，老媽總會說：「能夠全家在一起，也不過這幾年，以後你姊出嫁了，你當兵了，還有多少能聚在一起的時間……」總以為還會是很久以後的事，竟提前發生了，而且這種分離不是生與死，也不是空間上的分隔，而是意味著一種關係被硬生生地剝離開來，媽媽說：「以後看見你大姊就要叫她的法號了。」就是說「女兒，大姊，嘉慧」，這幾種俗世的稱法，對她而言都不適用了嗎？難道說，要我把和自己共同生活了二十年的姊姊，當成從來沒有存在過嗎？

曾以為家是永遠不變的，但現在，我了解到終究會有人自這個家中離去或死亡，但也會有人的加入或出生，只不過在變化之後，需要時間來締造一個一個新的平衡。

那天，是大姊圓頂受戒的日子，老媽兩個禮拜前便開始準備一些事務，好讓諸位親朋好友能有機會參與她人生的轉捩點，舉凡聯絡、保險、租車所有事情，沒有一項不是老媽親手辦的。坐在遊覽車內，外面風景再好，想的也都是大姊的事，當時大姊出門的情境歷歷在目，一路上總希望能將眼淚流盡，如此，見到她時才能以笑容問候，只希望走上菩薩道的她，能夠輕鬆自在無牽掛。

時間晚了，該回家了，大姊光著頭笑著歡送大家，大家也笑著和她道別，回程的車上，老媽又哭了，她說：「以前見耑師父在大學時，就說要出家，只是我跟她說，就算你要出家也要等到大學畢業，原本這只是敷衍小孩的話，想說，時間會改變一個人的想法，但，見岀師父一畢業後便又再提到這件事，只是因為她妹妹說：『你才剛畢業，也都沒接觸過這個社會，這樣不是太可惜了嗎？』所以，她才又工作了一年，一年後，她便上山了，這中間的時間，我還和別人一同上山看她，四人坐的車內獨留一個空間，就是希望她能跟著我們一起回來，她一見到我，就說：『媽媽，我好想你』，我對她說：『想我，就跟我一起回家』，她拒絕了，第二次去看她時，車內仍留了一個位置，她是不肯回來，看到她如此堅定的意志，我也不再說什麼了！」

聽了老媽說的話，想到以前的大姊，總是他人眼中的好朋友、好學生、好女兒、好老師，雖然我沒對她說過，但她一直是我眼中的好姊姊，我一直以她為傲，大姊在俗世中所扮演的每個角色都很突出，在她出家後，我相信她一定也會扮好自己所選擇的角色。

大四那一年，我澈底的失戀，那一段時間的人生好像籠罩在一層薄幕中，灰灰暗暗的，做什麼都提不起勁來，那時還能勉強自己去上學，現在回想起來真是覺得不可思議。一晚，我殘忍的對著老媽說：「媽！你和爸一定要活得比我久。」平常看起來表情缺乏變化的母親，這時顯現出驚訝的樣子問道：「為什麼！？」手裡仍不忘著繼續挑菜。

「不然，以後我老了回到家，什麼人都沒有，我想，我一定會寂寞的要死。」我幻想著自己老年孤寂無依的落魄模樣。老媽將一桌子的菜匆匆的收進廚房，一句話也沒說的進到自己的房間，我知道，她一定哭了。

隔天，老媽將我叫了過去，拿出三本帳簿和印章告訴我：「這一本是你爸的退休金，這一本是媽的養老金」母親紅著眼眶繼續說道：「這一本是為你準備將來結婚用的『娶某本』，媽把這些都放在櫃子的最上頭，哪一天，爸媽都不在了，你就用那些錢好好照顧自己，至於以後喪事，火葬就好，省錢，骨灰看你喜歡灑哪就灑哪，都無所謂。」

「以後，如果你覺得這條路不好走，大可找個人娶了，男人嘛！愈老愈值錢，免得『老孤單』。」接下來的話全哽在老媽的喉頭，已止不住的哭了起來，原本只是一句玩笑話，卻惹得一大風波，連原本只是紅了眼的自己也都說不出話來。

「媽，你放心啦！你和爸會吃到『百二歲』」，我抹著她臉上的淚，這時才真正覺得母親的的確確老了，皺紋已一條條不留情的刻畫在臉上，從沒這麼仔細的看過老媽，想想真是不肖。我打趣道：「這些錢喔！你留著帶老爸出國玩，好不好？」

事後，意外的，平常看起來慵懶的老媽在幾天內將所有過戶的手續都一一辦妥，連遺書也一併寫好，連同那帳簿及印章一同放在抽屜裡。

人生如同老媽曾說過的，每個人都有自己的一條路，看似分歧的道路，其實都有他最後的方向，不論是好、是壞。我和大姊因家人的愛和諒解，讓很多累積在心裡的陰鬱一掃而空，甚至可以繼續筆直的朝著自己選擇的道路前進，所以當我看到別人走向看似錯誤的人生道路時，只有笑笑並且適當的提示對方，而不會以自己的主觀告訴他們：「嘿！你那條路是錯誤的！」因為，漸漸的知道，心有多大、世界就有多寬，學習欣賞別人和自己的不同，就是愛這個世界以及減少紛爭的方法。

——選自《門內的父親》，九歌出版社

賞析

傾聽內心的聲音，才能說出自然的話語。作者直抒胸臆，不吝打開內心世界，吐訴面對家人選擇時，二十歲的他，從焦慮到接受的心路歷程。

作者細寫與家人相處的情景。「出櫃」與「出家」成了兩個相扣的結，看似不同的人生選擇，卻透過母親對他的勸說，點出本質的相合。

面對大姊出家的決定，作者從驚愕、困惑、抗拒到疏遠，被拋棄的不安揮之不去。我們對家人的愛，給了家人定位，母親的模樣，父親的角色，手足相伴的人生。真實人生與預想有出入，難免內心徬徨，手足無措。矛盾的是，促成我們互相包容的能量，正是對彼此的愛。

文中，父親與兒子在處理情感上，帶有某種關聯：兒子出櫃時，錯愕、否認；月餘疏離後，緊張、無措；文末，母親拿出的三本帳簿中，其中一本正是父親的退休金。父親的身影隱在姊姊、母親與作者的互動之後，語句寥寥，像基調般，易忽略卻不曾缺席。

作者擁有兩個面向，必須面對自己的選擇，與接納家人的選擇。如何將同體異面的觀點，融合在一篇文章中，凸顯出對比的張力，仰靠作者的安排。正如文末所言，「心有多大、世界就有多寬」，雖是〈分離〉，但體諒與愛，終將讓我們相聚。

作者簡介

徐嘉澤，台灣高雄人。畢業於國立屏東師範學院特殊教育研究所。現任高職教師。作品曾獲時報文學獎短篇小說首獎、聯合報文學獎散文首獎、九歌兩百萬長篇小說徵文評審獎、BenQ 華文電影小說首獎、高雄文學創作補助、國藝會出版補助等。著有《門內的父親》、《窺》、《大眼蛙的夏天》《詐騙家族》、《類戀人》、《不熄燈的房》、《孫行者，你行不行？》、《下一個天亮》、《祕河》等。

潛水艇

◎陳淑瑤

樓上南邊靠海的小房間，我和弟弟都把它當作是自己的房間，大家都可以把它當作自己的房間，我們回來的時間不同，可以看見彼此的書籍和衣服寂靜地放在裡面，等待著主人歸來。我的幾件普通的家居服和冬夏各一套外出服摺在衣櫃的抽屜裡，因為我不放心來此度假的親戚以及親戚的朋友，有時候這裡幾乎成了免費的民宿，常常可以看見菸灰、夏帽、便鞋和雜誌。弟弟才不管這些，他的衣服一件一件吊在衣櫃裡，其中掛在最角落的是一套他當兵時的海軍水手裝，看到這名退役的老水手總勾起我許多記憶，勝過我自己的衣服。小學畢業那個夏天我第一次去高雄就是穿著一件藍白格子白翻領的水手裝，但這才是一套真正的水手裝，我曾經想穿上它來拍照，一直沒有實現。

許多男生喜歡高談自己的軍旅經驗，弟弟不是多年後，而是多年前他正在當兵的時候就老愛吹噓，因為他是優異的潛水艇隊員，海軍的精英分子。我們實在無從感覺這有什麼了不起的，雖然他不只一次說起他在潛艇上艱辛的「簽證」過程，我相信潛艇隊員確實需要比一般兵種更嚴格考選，但也許這層層關卡重重密碼更為考驗他們沉不沉得住氣、耐不耐得住無聊。儘管他是以一種光榮嚴肅的態度跟我講述他的潛水艇，但我總是不由得想起那些關於它的滑稽往事。

那一年冬天他們的海虎潛艇潛航到了宜蘭，據說這可都是國家機密，必須等上了岸才能告知親友。上了岸，弟弟接受一位學弟的建議，租輛摩托車騎到台北去。一個「澎湖俗」碰到一個「台北瘋」，弟弟不知道宜蘭到台北不算太遠但也不近啊，他一路上都在以為快到了卻怎麼還沒到的期待和懷疑中，從宜蘭的白天騎到台北的黑夜，我一打開門看見一張炭黑如墨魚染過的臉，荒誕地笑個不停，他還不知道是怎麼回事，以為是台北式的熱情歡迎。

發生在二姊身上的潛水艇故事更可笑。有一天住高雄的二姊接獲軍方來的電話，表示貴子弟服役的潛水艇將在某月某日返回左營軍港，邀請家人撥空前往迎接。如此鄭重其事頗令人惶恐，不知如何歡迎載譽歸來的貴子弟，於是她問姊夫怎麼辦，姊夫說他不是海軍，也不知道有這麼回事，兩人商量把家中一條那種直銷業者嘉勉升級的彩帶帶過去。當天二姊特地請了假，臨時又決定再買一束花。到了指定集合地點，軍方人士已派好交通車，將他們送往軍用碼頭。一群親友團站定，才發覺好糗，沒有一個人那麼又是鮮花又是彩帶，連班長太太也是空著手來的，特別是那條彩帶，肩上的小背包塞不下，只好那麼拿在手上，弟弟一下船，也被這英雄式的歡迎場面嚇了一跳，不知道世界上發生了什麼事。

潛水艇啊潛水艇！有一天弟弟來電邀我們去參加艦慶，最有吸引力的就是當天將開放親友上艦參觀，我終於有機會一探究竟。不料那天早上我竟睡過了頭，沉睡得好似一艘潛水艇，有史以來第一回錯過班機。到了高雄，登艦參觀的時間已經過了，只剩在禮堂大吃一餐的份，看著那些平日壓抑的海軍青年瘋狂地灌下一臉盆的啤酒，再痛快地嘔出來，作為告別學員生活的儀式。到了參觀宿舍陸上的艙房時，才為錯過了潛水艇而懊惱不已。

不去打開衣櫃，眼前櫥櫃上就高擺著一艘裝在玻璃盒內的木製潛艇模型，原形畢露的潛水艇，沒有海風沒有浪潮，沒有深遠謎樣的感覺，好像一艘玩具船艦罷了。

有張倚在矮櫃上的照片則真實多了，封上護貝又蒙上塵粉，我把它擦拭乾淨，放到抽屜底，但是下次回來又看見它出現在桌面上。我知道它是為了展示才被加了護貝，像冰凍以為永久保存，但是把它放入幽隱的所在不是更像潛水艇，主要是我怕過多的紀念品。我凝神注視穿透這層封鎖，照片中央一部黑色鋼鐵般的機器自汪洋中冒出頭來，四周水面泛著白色波浪，虎頭鯨似的神祕駭人，這才有點他們營造出來的潛水艇不可一世的氣魄。但海底才是它的生命，就像心臟拿了出來就不能跳動了，不再具有權威。弟弟說這是一般人膚淺的想法，潛水艇升上水面來也能像一般的船艦正常地航行。弟弟把它放入玻璃櫥櫃，立在擺飾的小玩意後面，再也沒有浮或沉的問題。

這張照片後面是一幅裱框的拼圖，圖案正是照片中的潛水艇，右下角有一塊金色，金色的字寫著：

某某某榮退紀念

潛航時數一七七四時五分

浮航時數二五八時三十分

航行浬數九一九八浬

海虎軍艦全體官兵贈

海底的一小時如果等於陸上一小時，我用筆計算出一七七四時差兩個小時就是七十四天，七十四天不過是兩個半月，在陸地上在不是季節變換的日子裡，常常沒什麼感覺就過去了，沒能留下什麼記憶。但是他們又做了些什麼呢？當他們意識到他們正待在一個計時器上，這時光是格外珍貴或者是毫無意義。

房間抽屜內還有一本漸漸發出陳腐味的《潛艦日記》，可惜是本學生寫給老師官方說法的生活周記，即使如此，閒來無事我把它拿出來翻過好幾次，看他如何用正經八百的口吻報告例行公事和休假生活，如何換湯不換藥地描述每個禮拜的廚房紀事，而未提及艦上的膳食。可惜是本虛偽的生活周記，只看見失去的言論自由，搜尋不到真實的自我。要是一本具體而又幽微真正的日記、生活的手札，那該有多珍貴。也許是因為窗外就是海，空氣中瀰漫著潮味，我對潛水艇的想像又來了……我希望它能用實際經驗不經意地告訴我潛水艇有沒有窗，窗能不能看見洋流，海底是一片黑暗抑是有光，我們在艦上是不是會想念星星、魚和水草，會不會害怕礁堡，有沒有人在唱歌、甚至跳舞，刷牙洗臉上廁所又是怎麼一回事，他們偷偷帶了什麼東西上船，會不會頭疼失眠，睡覺時有沒有特別的感覺……像在另一個星球的感覺……。

最近一次回家發現《潛艦日記》失蹤了，打了電話問弟弟，他也不知道，只問我找它做什麼。潛水艇離我們愈來愈遙遠了，倘若那天曾登艦參訪，也許就不會有這麼多的想像。

——選自《瑤草》，聯合文學出版社

賞析

以潛水艇為發想，描寫弟弟軍旅生涯中，與家人交集的幾件趣事。沉潛在衣櫃角落的水手服，自記憶深海喚醒往事，不管是熱血的摩托車旅行，還是英雄式的歡迎場面，件件讓人莞爾。

除了緊扣潛水艇命題，敘述有關的種種故事外，在文字思想中，也潛藏了許多潛水艇意象。收納在抽屜底的照片，並非為了讓照片更接近潛水艇的形象，「主要是我怕過多的紀念品」。話到這兒就停了，背後的意涵潛入語意的大海裡，作者想說而沒有說出口的，全止於句號。

標記生命片段的，被收納安放。如同作者看潛水艇，「但海底才是它的生命，就像心臟拿了出來就不能跳動了，不再具有權威。」那些不明說的，惟有沉潛在句號之後，才有生命。

艇內的神祕，因為一次深沉如潛水艇般的睡眠，讓作者錯過一探究竟的機會。遺失的《潛艦日記》無法解答作者的想像，潛艇中服役的弟弟，如何生活，潛浮航行的日子，有著怎樣的心情。這些猜想全隨著退役的「老水手」，安居在樓上南邊靠海的小房間，掛在衣櫃的最角落。

空間裡的記憶，透過文字的召喚，再一次浮出水面航行。「潛水艇離我們愈來愈遙遠了」，但無盡的想像，會隨著不斷地回顧，愈來愈豐富。

作者簡介

陳淑瑤，澎湖人，輔仁大學歷史系畢業，現專事寫作。一九九七年以第一篇小說〈女兒井〉獲得時報文學獎小說首獎，並兩度獲得聯合報文學獎小說獎。一九九九年出版短篇小說集《海事》，二〇〇三年作品〈沙舟〉獲吳濁流文學獎。二〇〇四年出版短篇小說集《地老》。二〇〇六年出版散文集《瑤草》。二〇〇九年出版首部長篇小說《流水帳》，獲台北國際書展大獎「小說類．年度之書」、三十四屆金鼎獎圖書類文學獎，二〇一三年出版短篇小說集《塗雲記》。

輯三　家庭記事

飄蓬

◎席慕蓉

1.

據說，在我很小的時候，本來是會說蒙古話的，雖然只是簡單的字句，發音卻很標準，也很流利。

據說，那都是外婆教我的，只要我學會一個字，她就給我吃一顆花生米。

據說，我那個時候，很熱中於這種遊戲，整天纏在外婆身邊，說一個字，就要一顆花生米。家裡有客人來時，我就會笑咪咪地站出來，唱幾首蒙古歌給遠離家鄉的叔叔伯伯聽。而那些客人們聽了以後，常會把我接進他們懷裡，一面笑著誇我一面流眼淚。

可是，長大了以後的我，卻什麼都記不起來，也什麼都說不出來了。每次有同鄉的聚會時，白髮的叔叔伯伯們在一起仍然喜歡用蒙古話來交談，站在他們身邊，我只能聽出一些模糊而又親切的音節，只能聽出，一種模糊而又遙遠的鄉愁。

而我多希望時光能夠重回，多希望，我仍然是那個四五歲的幼兒，笑咪咪地站在他們面前，用細細的童音，為他們也為我自己，唱出一首又一首美麗的蒙古歌謠來。

可是，今天的我，只能默默地站在他們身邊，默默地，獨自面對著我的命運。

2.

當然，有些事情仍然會留些印象，有些故事聽了以後也從沒忘記。童年時最愛聽父親說他小時候在老家的種種，尤其喜歡聽他說參加賽馬的那一段。

父親總是會在起初，很冷靜很仔細地向我們描述，他怎樣渴望著比賽那一天的來臨，怎樣懷著一顆忐忑的心騎上那匹沒有鞍子的小馬，怎樣臉紅心熱地等著那一聲令下，怎樣拚了命往前衝刺，怎樣感覺到耳旁呼嘯的風聲與人聲，怎樣感覺到胯下愛馬的騰躍與奔馳。

說著說著，父親就會愈來愈興奮，然後不自覺地站了起來，我們這幾個小的也跟著離凳而起，小小的心怦怦地跳著，小小的臉兒也跟著興奮得又紅又熱，屏息等著那個最後的最精采的結局，一定要等到父親說出他怎樣英勇地搶到了第一，怎樣得到豐厚的獎賞之後，我們才會開始歡呼讚嘆，心滿意足地放鬆了下來。那個晚上，總會微笑著睡去，想著自己有一個英雄一樣的父親，多麼足以自豪！

長大了以後，想起這些故事，才會開始懷疑，為什麼父親小時候樣樣都是第一呢？

天下哪裡會有那樣不可一世的英雄呢？

好幾次想問一個究竟，每次卻都是話到脣邊又給吞了回去。

有一次，父親注意到了，問我是不是有話想說？

我一時找不出別的話來，就撒嬌地坐到他身邊，要他再說一遍小時候賽馬的事給我聽。

想不到父親卻這樣回答我：

「多少年前的事了，有什麼好提的？」

我以後就再也沒有提這件事了。

3.

十幾年來，父親一直在德國的大學裡教蒙古語文。

那幾年，我在布魯塞爾學畫的時候，放假了就常去慕尼黑找父親。坐火車要沿著萊茵河岸走上好幾個鐘頭，春天的時候看蘋果花開，秋天的時候愛看那一塊長滿了荒草的羅累萊山岩。

有一次，父女們在大學區附近散步，走過一大片草地，草是新割的，在我們周圍散發出一股清新的香氣。

父親忽然開口說：

「這多像我們老家的草香啊！多少年沒聞過這種味道了！」說完深深地呼吸了一口。

天已近黃昏，鳥雀們在高高的樹枝上鳴噪著，是他們歸巢的時候了，天空上滿是那種黃金色的溫暖的霞光。

我心中卻不由得襲過一陣極深的悲涼。

這離家鄉這麼多年的父親，卻仍然珍藏著那一份對草原千里的記憶，然而，對眼前這個從來沒看過故鄉模樣的小女兒，卻也只能淡淡地提上這樣一句而已。在他心裡，在他心裡藏著的那些不肯說出來的鄉愁，到底還有多少呢？

我也跟著父親深深地呼吸了一口，這暮色裡與我有著關聯的草香，心中在霎時閃出了一個句子：

「那只有長城外才有的清香。」

又過了好幾年，有一天晚上，在我石門鄉間的家裡。在深夜的燈下，這個句子忽然又出現了。我就用這一句做開始，寫出了一首詩，沒怎麼思索，也沒怎麼修改，所有的句子都自然而順暢地湧到我眼前來。

這首詩就是那一首《出塞曲》。

4.

以前，每當看到別人用「牧羊女」這三個字做筆名時，心裡就常會覺得，這該是我的筆名才對。不是嗎？倘若我是生在故鄉、長在故鄉，此刻，我不正是一個在草原上牧著羊群的女子嗎？

每次想到故鄉，每次都有一種浪漫的情懷，心裡一直有一幅畫面：我穿著鮮紅的裙子，從山坡上唱著歌走下來，白色的羊群隨著我溫順地走過草原，在草原的盡頭，是那一層一層的紫色山脈。

而那天，終於看見那樣的畫面了，在一本介紹塞外風光的雜誌裡，就真有那樣的一張相片！真有那樣的一個女子趕著一群羊，真有那樣一片草原，真有那樣遠遠的一層又一層綿延著的紫色山脈。

我欣喜若狂地拿著那本雜誌給母親看，指著那一張相片問母親，如果我們沒離開過老家，我現在是不是就是這個樣子。

母親卻回答我：

「如果我們現在是在老家，也輪不到要你去牧羊的。」

母親的口氣是一種溫柔的申斥，似乎在責怪我對故鄉的不了解，責怪我對自己家世的不了解。

我才恍然省悟，曾在庫倫的深宅大院裡度過童年的母親，會吃著一盒一盒包裝精美的俄國巧克力、和友伴們在廻廊上嬉戲的母親，恐怕是並不會喜歡我這樣浪漫的心思的。

但是，如果這個牧羊的女子並不是我本來該是的模樣，如果我一直以為的卻並不是我本來該是的命運，如果一切又得從頭來起的話，我該要怎麼樣，才能再拼湊出一幅不一樣的畫面來呢？

有誰能告訴我呢？有誰能為我再重新拼湊出一個不一樣的故鄉來呢？我不敢問我白髮的母親，我只好默默地站在她身邊，默默地，獨自面對我的命運。

——選自《在那遙遠的地方》，圓神出版社

賞析

文章開頭三段，都以「據說」開頭，說的是同一件事：作者小時候，曾能自在地清唱蒙古歌謠，說著外婆教她的蒙古話。可是這些，都是別人告訴她的，長大後的她，不記得小時候的事，也不記得自己的母語了。

隨父母舉家遷逃的她，被迫離開家園，在父母對故鄉的懷念中成長，卻沒有任何故鄉的記憶。她是有來處的過客，卻似失群般茫然無措。

父親口中懷念的賽馬舊事，是一片廣闊無際的草原。她騰躍在想像的狂風中，盡情奔馳，卻在時空的阻隔下，默然收聲。

父母口中的故鄉，究竟是什麼模樣？

雖有那麼多的故事、文化與傳承，終究是他人口中的記憶。她與父母、親族之間，仍是隔了那麼一層，一層原屬於她，卻被時代剝奪的鄉愁。哪怕是一抹草香，也只能從想像中尋找關聯。她是飄蓬，知道自己的根，極盡全力探求，卻只能在夢魂裡拼湊自己的命運。

作者有深厚的美術底蘊，是傑出的藝術家，亦是詩人。透過本文，能窺見其敏銳的色彩美學，音律字句間，洋溢著不受拘束的浪漫情懷，卻又暗合對稱重疊的美感。

這篇作品是渴望歸鄉的懷想之作，後政令解嚴，作者終於如願回到千里縈懷的故鄉，如願深吸一口，「那只有長城外才有的清香。」

作者簡介

席慕蓉，祖籍蒙古，生於四川，成長於台灣。台灣師範大學美術系畢業後，赴歐深造，畢業於比利時布魯塞爾皇家藝術學院。曾任台灣新竹師範學院教授多年，現為專業畫家。在國內外舉行個展多次，曾獲比利時皇家金牌獎、布魯塞爾市政府金牌獎、歐洲美協兩項銅牌獎、金鼎獎最佳作詞、中興文藝獎章新詩獎及中國文藝協會榮譽文藝獎章等。著有詩集《無怨的青春》、《時光九篇》、《以詩之名》及散文集《江山有待》、《金色的馬鞍》、《人間煙火》、《寫生者》、《我家在高原上》、《寫給海日汗的21封信》……等五十餘種。

家庭記事

◎楊富閔

1. 家庭聯絡簿

從小我就害怕添增父母親麻煩。

求學時代，舉凡需要動員家長出手如親師座談會、考卷簽章、戶外教學同意書、家庭聯絡簿……我一概自行簽字認可。我尤其喜歡模仿大人寫字，草書與娃娃體的融合，小學生生字簿人人都自成一格。偷偷告訴你，一路小學念至高中畢業我都自己做家長。母親工作十二小時，回家她急著轉看《長男的媳婦》；父親輪班制，永遠呈現補眠狀態，有次我忍不住遞給阿嬤，她不識字嚇傻以為我要跟她過戶討財產，我總不能要二爺爺簽字吧，雖說他才是我真正的家長。小學生九點暖被睡覺，整理完書包，夜夜我從神明廳下二層樓到灶腳、浴間、後院仔，喊老半天就是找不到能幫我簽字的長輩。

缺乏值得與家庭通報的校園新鮮事，成績普通，行為舉止尚可，我想我是不需要聯絡簿的孩子，同時還得分身扮演家長，自小便意識讀書考試皆不關別人的事。父母親被通知到校往往是我胃疾發作、或請長假北上就醫住院之時。國中有次全班集體受罰，數學老師揪臉對準當班長的我發惡聲：「我要通知你家長來，你帶頭作亂。」我輕聲細語、客客氣氣告訴他，微頂撞：「我媽沒駕照，騎車從山裡出來路很遠，別去打擾她，有事打電話給我。」

那天我剛申辦手機。

聯絡簿是寫給自己看的手帳本，一如行事曆、生涯規畫之延伸；聯絡簿裝潢以靜思語、英文單字十枚、數學公式，國中時候老師要求得記錄心情，天天我都是VERY GOOD。記得有次遲交聯絡簿，慌亂中我竟火速快簽自己的大名，結果老師根本也沒發現！

曾經趁著八點檔廣告時間，偷偷遞給母親，我記得，但她總說自己簽吧，或簽了根本沒留心聯絡簿上的社會國語成績、蟯蟲與尿液與視力；或遞給母親，簽的卻是父親的名字，我說你簽黃啊，母親姓黃，我在外都介紹她是黃女士。我難免感覺失落，卻偷偷注意到母親字跡極秀逸，母親生平得過的獎除了抓老鼠第一名，其次便是台南縣中學生書法冠軍，我國中畫水墨即是委由她題字落款，句子是楊喚的〈小蝸牛〉：「我馱著我的小房子走路／我馱著我的小房子爬樹。」這是隱喻了。

聯絡簿是家庭學校兩造間權力演練場，性別失衡死角落，學童主體尤難發聲，常常同學叫我攜帶違禁品CD借他，難道我要在備忘欄上寫記得帶五月天《人生海海》嗎！

難忘小學一年級，有次數學考卷難得奪一百，老師在分數隔壁描摹方框，對我說回家給父親簽章，現代性失能的鄉村學童，什麼是簽章呢？凡事稟報家長讓我嚴重適應不良，我回家獻寶般進貢考卷，父親斜眼外加喝了一點點，他也說自己蓋章吧，什麼是蓋章？印章又放在哪裡呢？透南風午後，自得其樂的我翻出了珍藏龍貓印章在方框下重重擠壓三大下，隔天我被老師用棍子打了一下，那是夏天，教室外校園菩提樹光影，原來我是有人養的。

十八歲成人，此前我擁有法定上的監護人，怪哉日日我都想當個小大人，身體既凍齡又創齡，十八歲便遙想八十歲的事，為此吞過不少苦。我非急於長大，我只害怕成為家族包袱，家裡已經太多人，再說我對「監護人」

三個字實在沒概念，有次開學全班謄寫戶籍資料表，我忍不住鼓起勇氣諮詢同學監護人到底該寫誰，仙女同學A揮舞手上那枝貴得要死的0.38說：「就是寫爸爸啊！」

喔、好！我知道了，於是我就乖乖填了兩個字——爸爸。

2. 家族說話術

我很愛講話，國中時因連續三天早自修在教室放肆開講，被教官記了一支警告，記得銷過方式是午休至學務處罰站，罰站時我捧著英文自修假裝背單字，實則與同學延續那未了的話題。哪裡來說話欲如蟬瀑土石流啊？聳聳肩，我嘛毋知影。伯公家祭彼日我邊跪邊跟堂姊抱怨天氣太熱，升旗典禮、宿舍洗澡、大雄寶殿，有人的地方我的嘴巴魚族吸吐般開闔不已。K書中心、校車上轉頭說話天天扭到筋，我曾是厚話閔仔，西牽東扯第一名，該保持肅靜的場所偏要製造聲音，自制機能故障地很澈底，後來乾脆自己發布封口令，我把透氣膠帶貼覆於唇，別說了，拜託你別再說了！

不能不說啊，最怕場面僵死，全家集體陷入沉默的畫面讓我深惡欲絕，為什麼每個人進門下咒般自動失語？老兄、小叔躲回房宮透夜避不見面，父親仍在野遊，母親阿嬤客廳內收看八點檔呈呆狀，家族樓頂樓腳搬演失語劇，而我得當潤滑劑鬆弛家族硬塊，外套披頭殼模仿孝女哭墓，設法讓母親笑歪身子；加油棒立頭殼惹得阿嬤念我是隻痟丑仔，我不在乎出糗、醜怪，只擔心變不出新花樣，一心渴求家族表情有點變化。很小我便發現全家只有我能講能聽；很小便常錯覺自己住在蠟像館。忍住不說在我是大忌，在家我得解讀一家七口心內音，以眼神、以肢體動作；出門在外雷達掃射不利我家的發言，我沒資格沉默啊，聒噪、囉嗦、凡事問甲一支柄是楊家老么的本性。

所以現在我也懂得家族宴席上代表父親同其他長輩敬酒了，漫說些客套話給生性自卑的父親做足面子，摟住他的肩膀同大家說：「這攏要感謝阮爸願意栽培。」接著海乾三杯凍頂烏龍茶；也會代替我爸出面簽字，將阿嬤送進養護中心並與院長交涉所有醫病細節，父親挨坐身邊如面試生兩腳併攏，雙手乖乖擺膝上；阿嬤肺感染住院，白天實習醫師巡房，我是一台問題製造機：血球、糖尿、發炎狀況要求量化呈報；父親國台語咬螺絲兼口吃、發語詞先跟人道歉三分鐘，兜圈半天講不到重點。搖搖頭，袖子捲起，還是讓我來說吧。

誰想當蠟像館管理員？我是楊家小戶長，打造家族對話空間：母親節前兩個月訂位土雞城、普渡重陽中秋節慶過得像除夕團圓，小戶長張手臂做屋簷——喔我的家人，分明你想說些甜言蜜語、分明你可以放過你自己。

不願再記起那慘劇，地點永康奇美，八十高齡的阿嬤重大手術後子女南北歸來，我從台中趕至醫院時大夥已圍靠病床，其時阿嬤意識尚模糊，術後氣若游絲，她不出聲情有可原，然為何低溫病室全家受罪似罰站，就沒人賣笑彎身說些鼓勵的話，要不殺時間猜說著病情、要不雙手交叉擺胸前，對看十分鐘，只剩不斷運轉的升壓機、抽痰器，病院走道推車的滾輪給出聲響。阿嬤吃力乾瞪著黃疸雙目，她也感覺尷尬吧，當病人好累，趕緊閉眼裝睡，我們向來最擅長視而不見。

是該說什麼？多像術科考探病，探一名與子女生疏五十年的寡母，哪些動作足以顯示關心：拍背、換尿布、清洗腸造口、輪椅推著散步去。分明你想說些甜言蜜語、分明你可以放過你自己——

遂讓我一手牽起阿嬤插滿針頭的右手，一手挽住難得歸來的大姑，發號施令：「爸，那邊左手你牽著。」指揮小叔、母親、哥哥全緊偎過來，我還沒開口，阿嬤的眼睛微微張開，鼻胃管嗚咽聲隱約傳來，是誰在哭泣了呢？

3. 我家是一座電話亭

「家用電話」響起時剛好要出門，掉頭我虎視那方型機械陷入失神狀態，咦——這玩意為何會出聲？我家那支海藻綠、按鍵落漆的電話不響很久了，近年來家人手機取代四方來電，上一回打來的該是衛生所，內容通知母親抹片檢查的時間到了；再上一通是問卷調查、詐騙通話、打錯的電話誤以為是「一二三海產店」、「你儂我儂網咖」……零星通話數述說現代客廳造像的轉型，電話機係活化石。曾經我家來電如議員服務處般熱絡，而我是樂於衝第一的小接線生：「借問你欲揣啥人？」逗趣時字正腔圓：「這裡是楊公館、楊府、楊家別墅……」如果是小姨婆急叩，我就會說：「楊林蘭你有情有義的小妹揣你囉。」阿嬤每次都被我惹得笑歪身子，找她的電話最少。

父親電話最多，通常我都躲在二樓偷聽，心中忿忿不平何以來邀父親出門貪杯，幼年時我活在父親酒醉駕駛夢魘中，學會掛掉許多來電，或故意將電話擺歪，以阻隔外界消息，為此訓練我記人從聲音始，聲音比名字早浮出的能力；母親的電話來自後頭厝，通常講一個鐘頭，其時外婆獨居官田，女兒是談心對象，有次母親加班，外婆遂啜泣對讀國小的我滔滔不絕講了三十分鐘，內容極勵志、極驚悚：「今仔日警察仔來搜厝，足恐怖，你大漢一定卡乖耶。」那電話以哭聲淡出，留下錯愕的我。

我是電話迷，天天播打查號台氣象台，*字#字鍵如部落圖騰是我的最愛。有陣子我喜歡跑至廟口或學校公用電話，投下一元硬幣，偽裝少女聲腔打回家說要找家兄，接電話的常是阿公，三十多年來他固定坐在電話機邊亦如老接線生，我學生時代的緊急聯絡人。記得家兄接起，才發出喂聲，立刻我崩潰笑場，如此惡作劇我玩了五年——我應該很多話想告訴他吧。手足情感千絲萬縷，手足生來爭產爭寵，家兄大我五歲，他看我從母親肚子剖腹跳出，一路求學、待人處事皆將他狠狠比落。中華職棒他最挺兄弟象，我遂堅信自己是他最摯愛的弟弟，兄弟二字是我得修習一輩子的功課。

電話內外聲響在我腦袋曲曲折折引出一張家族聲線圖，八、九〇年代，我家這棟三層樓仔如收容所藏躲來自現實生活中失業、離婚、輟學、病乩童等畸零人族。我家客廳遂如大型電話亭，提供寄居人士或哭鬧或淫笑發出劇本殊異的對話：「你別管我，乎我來死！」、「救我！我人在大內！」我家是逃家者基地台，大概是某位鱸鰻的七仔，一手持話筒，一手拉住六七歲的我當她的定心丸。從中我學會傾聽陪伴的能力，實則我同時也在讀秒，電話費很貴呢，這方面自小我便算得很精。

所以，電話費誰出呢，立刻我想到是你，喔，老接線生。

電話費也是你的租屋費。

我想起你，阿公，轉身進門將電話接起，它響很久了，一如你搬離我家十五年久。

電話劈頭：「請問這裡是玄天上帝廟？」

我機警意識到電話找你，過去你是廟的管委。

「不是玄天上帝廟。」

我卻沒辦法說是打錯，我們擁有同一組家用號碼。

「所以這是李貴木的家？」

對方命中要害，我也想知道這裡是你的家嗎？

恐懼陣陣海撲過來，世界逼問於我，而我答以不知所云：「他現在不住這裡，也不知道住在哪裡……」

「有辦法聯絡到他嗎？」

他死了，幾乎我就要脫口而出。

「好，那我再問其他委員好了。」

「嗯。」我將電話掛斷，心想著——如果真找到了他，請幫忙我轉達，這些年來，我非常思念他。

——選自《我的媽媽欠栽培：解嚴後台灣囝仔心靈小史2》，九歌出版社

賞析

三篇以溝通為主軸的短文中，層疊銜接的文句，輾壓出嘈雜的寂寞，喧鬧的本質竟是冷清。

「聯絡簿是寫給自己看的手帳本，一如行事曆、生涯規畫之延伸。」聯絡簿原是維繫的媒介，但現實中，卻只是一個人的獨腳戲，偶有漫不經心的觀眾路過。表達關懷的場域，成了流放的孤地。如果不是被忽略，何來憂懼增添他人的麻煩。

雖是寫給自己看的手帳本，卻不能寫自己的備忘錄。描眉點脣，著裝唱戲，哪怕是對自己負責的人生中，也得演出對方想看的角色。

「分明你想說些甜言蜜語、分明你可以放過你自己。」如此吶喊，可否給僵死的畫面一點生氣。不在乎出糗、醜怪，以聒噪、囉嗦填補黏合，只要能牽著家人的手，圍過來，不要散。

「我是電話迷，天天播打查號台氣象台，＊字＃字鍵如部落圖騰是我的最愛……電話內外聲響在我腦袋曲曲折折引出一張家族聲線圖。」電話座機曾是家族聲線的集散處，庇護者向外發聲的根據地，何時這客廳變得空蕩？三十多年在電話機邊如老接線生的阿公，如今又在哪兒？

融入新台語敘述的文風，作者記下與家人相處的日常光影。他的文字如一人分飾多角的舞台劇，上一秒扮演角色，下一秒剖析內心。記錄生活的同時，也書寫時代下的家族小史，為更長遠的寫作路蓄積能量。

作者簡介

楊富閔，台南縣大內鄉人。東海中文系畢業，現就讀台大台文所。曾獲林榮三文學獎短篇小說首獎、打狗文學獎、洪醒夫小說獎、吳濁流文藝獎、台中縣小說獎、南瀛文學獎、玉山文學散文首獎、全國台灣文學營小說首獎、二〇一〇年博客來年度新秀作家等，作品曾入選《九十七年度小說選》、《九十八年度小說選》。著有小說集《花甲男孩》，散文集《解嚴後台灣囝仔心靈小史1、2》等。

咳嗽

◎黃信恩

行李箱胖了起來。

奶嘴、肚兜、玩偶、嬰兒服、鈴鐺、毛帽……，這些不歸列於必需品的物件，爸毫無保留地塞入，挑戰行李箱的胃袋。

已經不是第一次了。每回爸飛往美國前，家總像歷經一場暴動，所有生活用品凌亂散列，將室內簡單的線條弄得浮躁起來。爸這趟飛行是要一睹哥手中那剛滿月的新生命。幾個月前，他便開始進行高頻率的採購，一向在大賣場暈頭轉向的他，已培養出精準的方向感，對於迂迴的動線不再迷繞。

爸此刻應是很快樂才是。

咳咳，咳咳，咳咳。

整天下來的收拾，爸專注於密密麻麻的列單，忙著清點注記，同時發出零碎的咳嗽聲。始終低陷的臉，使我完全不知他是帶著即將起程的喜悅，還是準備未盡的焦慮。

「怎麼又咳嗽，要不要帶點藥？到美國就醫可貴的。」我說。

爸沒有回應，或許是過於專心，忽略我的存在；也或許是他向來的對話方式，一種專屬的沉默無聲。其實，我已習慣這樣的對話，沒有回應，卻充滿任何一種可能。

咳咳，咳咳，咳咳。

他的咳嗽聲向來不大，間間斷斷，自然不驚動，像是一種習慣動作，成了生活的一部分。爸會說那不是病，是在排痰，讓喉嚨清爽些。或許也是，他完全沒有任何相關症狀，譬如發燒、流鼻水、喉嚨痛、噁心等，僅是簡單不過的幾聲咳嗽。

我遞了幾副口罩，爸看也不看就扔在旁，一個不在他視野關注的區塊內。我想起小時每次外出，他會在我背包塞幾副口罩，在他的觀念裡，孩子都是虛弱、易受感染的，每當車上、車站、身邊陌生人打噴嚏或咳嗽，他會強迫我們戴上口罩，旅行的記憶因此常少了嗅覺的助興，留存下一雙眼神，在窒息的口鼻上，低垂恍惚。

「預防傳染病，還可以隔開二手菸，有什麼不好的？」關於我們的抗爭，他總是撇撇嘴這樣解釋。事實上，他是位言行不一的人，命令我們戴口罩，自己卻違規，享受無拘束的呼吸。或許他一直以為自己是大人，具備百戰不撓的免疫力，無須口罩來羞辱他的身強體壯。

出境那天，大捆小捆的行李壓得手推車有些陷落，爸在櫃檯付了些逾重費。出關前，他除了叮嚀我所有家裡的五金擺置方位、盆栽澆灌時間、禦寒衣物存放廚櫃、房租繳交期限、汽車保養法則外，就是那已成定律的咳嗽話題。

「咳咳，我出國時，身體要顧好。等車時要戴口罩，那些歐巴桑最缺德，咳嗽不摀住嘴，還在車站講話，比大聲、噴口水。」他說。

我立在大廳上，看著爸的背影離去，有些緩慢，有些歪斜，他的咳嗽聲也跟著逐漸淡去，最後消失在嘈雜人聲中。

十八小時後，一通越洋電話，過濾掉爸的咳嗽聲，就是「我到了！」電話中的他，話一向不多，或許為要節省電話費，也或許他真不習慣藉著電話閒話家常。

往後幾天，爸會按時撥電回家，簡單詢問家裡狀況後便掛斷。電話裡，他只說人在美國思考全都暫停了。我想，他指的應該就是每日盯著電視螢幕，聽著不懂的語言，看著不懂的字幕，猜測情節，與節目的笑點和高潮澈底分離。

「那你當阿公了，心情如何？快樂嗎？」常常，我刻意轉移焦點，談起關於面對新生命的感受，但他絕口不提快樂。我知道的，他是快樂的、喜悅的，並且想跳躍的。一切就像從前的他，喜歡掩藏種種情緒。對他而言，關於獲知喜訊時的一聲大叫，或一場狂吶，都是瘋狂、奢侈的。他吝嗇做出，總想佯裝鎮定，一臉風平浪靜。那，就是他。

幾天後爸又來電，但我感到他的聲音不像以往，音質、聲調或強弱，帶著些微疲倦，以及濃濃的鼻音。

「身體還好吧？是不是感冒了？怎麼感覺聲音溼溼的？」我問。

爸連忙否認，說他健康無恙。後來連續幾天，我固定在桌前守候電話，但他沒有來電，而哥家的電話也始終無人接聽。

直到一天深夜，電話響了，說話的是哥。起先，他的語氣充滿憤怒、激動，後來，轉為深沉，一種讓人不安的能量。

哥說，爸抵達美國幾天後，感冒症狀一一浮現。聽說，爸在機上時，隔座旅客不斷咳嗽，擤鼻涕後的衛生紙，一張張被搓揉、胡亂填塞。但機上的爸靜靜忍受飛沫，未開口言說，也未遵循他教導我們的防衛——戴起口罩。

儘管如此，爸仍向哥堅稱自己無病、未遭感染，他沿著室內到處咳嗽、噴嚏、流鼻水，不願就醫，不願服藥，更不願戴上口罩。顧慮到孩子健康，哥開始對爸的暫居感到不悅，他擔心散播的細菌將造成感染。幾次勸說無效後，哥漸漸喪失先前迎接爸的笑容，變得冷淡。但爸似乎不懂察言觀色，他還是往常一臉不喜不憂的神情，生活與咳嗽。

後來，爸在一天清晨，收拾簡單行李，毫無驚動地離開，他計畫一個人在美國境內旅行。那天，他沒有特別的亢奮，也沒有徬徨，更沒觀光客的東張西望。

爸應該是知情的，我想。從前，他以戴口罩來約束我們，現在卻被同樣的方式管束，或許他尚未習慣，也乏準備，更不願妥協，關於權力的逐漸流失。他一定還記得，當年送哥赴美時，心中的願望——有一天，他可以飛躍太平洋上空，來到他方，在那裡，他會感到自己的無限龐大與榮耀。他應該還一直以為，哥是屬於他的，該服從他的告誡，遵循他的口罩約定。

或許就像行李箱，隨著赴美旅程的次數，件數與重量不斷增加，但裡頭屬於兒孫的物資逐次膨脹，屬於他的逐次萎縮，最後，僅剩幾件自用的居家衣褲、盥洗用品，以及單薄的幾張美鈔。但他樂此不疲，因為他一直認為行李箱是他的，儘管裡頭的成分與比例如何劇烈的改變，行李箱的物主依舊是他。

沒有人知道爸突然決定獨自旅行的動機為何？他是否真是明白自己因傳染病遭受排拒？還是他突然自覺，從前他教導孩子必須防備的咳嗽人等，自己竟也有這麼一天走入那群人中，必須被人遠離、隔絕？還是他什麼都不知，只是無聊作祟，決定探險，實驗生命的豐富性？

爸出發後，連日來未曾來電。一個人的旅行是否快樂？病情是否康復？住宿是否有著落？路線方向是否正確？飲食又是否習慣？而每當他行經一座座文明大城，來往人群是否因著他的咳嗽，摀鼻疏遠，戴上口罩？

一個星期過後，爸終於透過一台話質極差的公用電話來電。他只說這陣子想出外透氣，沿著海岸線一路北上，當一位攝影師，走走停停，隨處拍照，直到邊境。

然後，他仍會折返，回哥家。一座他仍不願棄守的城池。

咳咳咳，咳咳，咳——

爸在電話裡咳了幾聲，那聲波透過長程線路傳遞後，起了奇妙的變化。起先有股熟悉，足以勾勒出輪廓，然後慢慢地，是陌生與荒涼。

爸不堪一擊的沙沙音質，微弱到把咳嗽聲顯出巨大。雖然，他還是過去的他，話中沒有任何一句孤單、一句落敗、一句病痛。但我知道，關於他的病程尚未結束，傳染期仍在發酵，喉嚨未見消腫，他會在邊境上、異色族群的身影後咳嗽著，在掛下電話後的空氣中咳嗽著，在歲月的間隙裡咳嗽著。

我依稀聽見爸發出的咳嗽聲，晃動的，像盞忽明忽滅的燭火。那似乎是一道記號，很多時候，我是以背景中的咳嗽聲確知他的在場，按分貝大小猜測他的行動——靠近，或遠離。

我想我會漸漸明白，自己一直追著他的咳嗽聲，辨識方向，從幼年追到少年，從少年追到成年。追出了現實，闖進了夢境。然後，我逃離了，自由了，可以進行一場不戴口罩的呼吸。命令不再是命令，僅是種參考、可有可無的意見。而爸開始必須戴口罩護衛自己，也被人護衛。封住唇舌，不再發言示威了。

而總有一天，爸會返回台灣的。他會帶著輕省的行李，沒有逾重，沒有勞累，並且，入境的時間只會漸漸靠近，不會遠離。至於我，將與電話靜靜守候，關於他的回國，以及痊癒。

——選自二〇〇五打狗文學獎得獎作品散文類第三名

賞析

作者以咳嗽為主軸，將無形的角色轉變，以具體事件呈現。孫兒出世，雀躍的祖父，面對成為「父親」的兒子。來不及適應角色轉變的父親，與擔負守護新生命義務、握有話語權的兒子，透過作者的側寫，將「發話的人變了」的過程呈現出來。不只是兒子與父親之間權力消長的過程，它還是父親、哥哥與「我」——我們家——開枝散葉時，每個人角色轉變的心情。

作者聚焦實質事件，將思想意念上的「我」抽離出來，所有模糊不可言述的情感，都透過可撫觸、有形象的事物呈現。

文章裡，找不到感情濃烈的文句，好似只是父親從台灣到美國的一段旅行描想。作者問了許多的問題，卻沒有答案。甚而，這趟旅程在故事結尾時，旅人仍在旅途上。

作者揣想了父親所有的情感，可能，但不確定。偏偏子肖其父，關於他的情感，也沒有明確的字句錘定。但讀者卻能從他傾聽父親聲線的細細描述中，從不須答案的問題裡，感受那難言的心情：

這是獲得免疫力前的些微風寒，我們都在適應的旅途上，您陪著我走，我陪著您走，我們終將痊癒。

作者有很好的文字技巧，能設計精巧環扣的隱喻、音律。但在此篇，作者最出色的技法，是以具體寫無形，使無形化具體，虛實相合的筆法，更能表述情意。

作者簡介

黃信恩，高雄左營人。高雄醫學大學醫學系畢業，現任成大醫院醫師。曾獲得高雄市打狗文學獎短篇小說首獎、台中市大墩文學獎散文首獎、台北文學獎、聯合報散文獎、梁實秋散文獎等獎項。著有《體膚小事》、《游牧醫師》等。

兩百里地的雲和月

◎蔡素卿口述．蔡怡 執筆

到了晚年，爸爸癡了，憨了。他什麼都忘了。

他總是問我：「女兒啊，我是民國哪一年到台灣來的？我是怎麼來的？」

但是，他卻從來不忘記責備自己，在民國三十七年初沒有回老家。他總是呆望著天空，喃喃自語：

「民國三十七年初，我到了濟南，離老家聊城就只有二百里地，為什麼……為什麼……我沒進去看看哪？」

在抗日戰爭外地流亡十年一直沒回過家的爸爸，為什麼來到聊城門口的濟南沒見到父母呢？從小到大我聽爸爸一再的解釋，所得到的答案是抗戰勝利不久，聊城就被共軍包圍了，雙方經過一年多的浴血奮戰，聊城才被共軍解放，開始清算地主、霸占土地，所以曾去四川念書被列為「重慶分子」的爸爸，若返鄉會帶給他父母更多的災難。

正在他猶豫不決時，傳來膠濟鐵路即將被共軍攔腰切斷的消息，再拖延他將回不了青島——那兒有他的工作，還有他熱戀中的我媽媽。因此他一步一回頭地跳上了回青島的火車，以為改天再來看他父母。

誰知道，誰知道，這一錯過，竟成永別。他隨後跟著國民政府來到台灣，從此沒再見過父母一面，造成他一生椎心的痛。

這是我所知道的原因。但三年前，我把爸爸山東聊城老家裡唯一活著的親人，我的姑姑，接來台灣後，才知道故事還有另外的版本。

姑姑說，爸爸當年沒見到父母家人，還有一個我們從來不知道的因素，是爸爸不知如何處理、如何面對一個他並不愛的鄉下元配劉金娥。

爸爸是兩代單傳的獨子，所以在十四歲時，父母就作主替他娶了年紀比他大好多又不識字的妻子劉金娥。父親並不想接受這樣的安排，但溫順的他只有藉求學念書之故，一直在外地住宿來逃避劉金娥。抗日戰爭爆發，爸爸流亡大江南北，沒機會再回家了。

勝利後，因為聊城被共軍包圍，爸爸有家歸不得，就滯留在青島女中教書，在那兒他認識了在教務處工作的一位新女性，我的媽媽。他們一起打乒乓球、一起談詩、論詞，因為年齡相近、興趣相投，兩人的感情迅速發展成熟。所以爸爸在民國三十七年兼程由青島趕去濟南，打算回鄉稟告父母，他想和我的母親結婚的打算。誰知才到濟南，有位堂兄專程從聊城送口信來，說家裡的田產、糊口的工具全部被共產黨充公，以後的日子怎麼過，老人家完全沒把握，想把媳婦劉金娥送到濟南，請爸爸趁天下尚未大亂時，把她帶在身邊，這樣才算對已經守了多年活寡的劉金娥有個交代。

事情的發展完全出乎爸爸的預料，本性溫和善良但有些懦弱又怕麻煩的爸爸，不敢違背父母旨意，又不願接納劉金娥，在倉促間選擇踏上回青島的火車，以為先拖延一下，再慢慢考慮劉金娥的問題。

誰都沒想到，他這個在兵荒馬亂、煙塵瀰漫的情況下做的決定，造成大家終生的遺憾。

爸爸離開家鄉後不到兩年，姑姑就嫁作人婦離開自己的娘家，娘家父母只有靠劉金娥來伺候、照顧了。

在共產制度下，爺爺、奶奶與劉金娥都住在人民公社裡，一九六四年，爺爺因嚴重胃出血，嚥不下公家配給的雜糧，在食堂裡工作的劉金娥就偷一大瓢給高幹吃的白米飯，用報紙包著放在懷裡，趁午休時跑兩里路回家孝敬爺爺。她這一跑就是五年，直到一九六九年爺爺去世為止。爺爺沒見著幾代單傳的獨子，死時不能瞑目。

七〇年代大陸土改失敗，再加上長年的旱災，農村裡簡直沒東西吃了。姑姑因為有台灣關係，身分不好，又連生了五個女娃兒，遭夫家嫌棄，把她給休了以劃清界線。過年時，她帶著五個孩子回娘家。劉金娥看到一群小蝗蟲來，嚇得她趕快把為奶奶做的幾個白麵饅頭，裝到布袋裡，高高升起，掛在屋梁上，讓姑姑那群小孩，誰都拿不到，只有乾瞪眼的份兒。劉金娥把我們的奶奶視為她的親娘，永遠擺在第一順位。

一九七九年奶奶嚥氣前，一直相信她的獨子還活著，千叮嚀萬囑咐，要劉金娥一定得守在蔡家等我爸爸回來。其實不需要奶奶叮囑，在蔡家已經四十五年的劉金娥，壓根兒就沒打算再邁出蔡家大門一步。

爺爺、奶奶都死了後，劉金娥因為沒有一兒半女，晚年就更淒涼，跟著一個侄子，過起寄人籬下的日子。

後來爸爸雖然暗地裡經常寄錢給她，以彌補多年對她的虧欠。但姑姑說，寄去的錢劉金娥無權支配，都被侄子拿去蓋房子、娶媳婦用了。所以晚年劉金娥的日子過得非常拮据，她去世前把唯一一件像樣的棉襖送給姑姑。姑姑在袖口裡發現有個暗袋，裡面放著劉金娥一生最後的一點私房錢，才不過數百人民幣，但她瞞著身邊的人，把這最後一點心意，留給夫家唯一的親人，我們的姑姑。

「這對我們蔡家貢獻最大的女人，就這樣默默結束了她的一生！」

姑姑給我看一張照片，是我們以前的祖墳靈地。我看到零散的土丘在一片麥田裡，其中一個在爺爺、奶奶墳腳下比較新的小丘，有泥土做的小墓碑，上面歪歪斜斜地刻著「劉金娥」三個字，好像訴說著她那無依無靠、孤孤單單的一生。

對我而言，劉金娥本是個陌生的女人，但聽完姑姑的描述，我默坐一旁，說不出話來，任眼淚流了再流，任內心一再地呼喚：「大娘啊！大娘啊！」

不知道坐在一旁的爸爸，有沒有聽懂姑姑的故事？只見他呆望著天空，喃喃自語：「民國三十七年，我去了濟南，離老家聊城就只有兩百里地，為什麼……為什麼……我沒進去看看哪？」

——選自《烤神仙》，時報文化出版社

賞析

戲劇也不忍描摹的真實人生，透過作者來回縫補的筆尖，一字一句拼合時代的深塹，撫慰撕裂的傷口。

時代的故事，複雜糾葛教人不忍直視。剖肉拆骨的勇者太少，倖存如此艱難。人生浮浪，耽陷其中的人物，因亡逝、失據，剝脫色彩，浮突白描，下字謀篇豈是揮手能就。

作者組織文句，將人、事、時、地、物，縝密安排。用字遣詞精準明確，敘事清新簡白不失情感。故事橫跨兩岸，三世離亂，經作者巧心剪裁，結構明朗易讀。

什麼都忘了的父親，總是喃喃自語：「民國三十七年，我去了濟南，離老家聊城就只有兩百里地，為什麼……為什麼……我沒進去看看哪？」

父親以為改天再去見父母，不料，一念即是永別。將姑姑接到台灣後，女兒才知道父親在大陸，奉父母之命，娶了元配劉金娥。透過姑姑的描述，劉金娥從一個名字，化為有血有肉，情深義重的女子。最後，又成了泥碑上歪歪斜斜的三個字，沉默地凝視命運。

至此，父親的自語，有了不同的意義。

運用情節的轉折，一層層疊加，迸出綿密的情感，得以在兩千字內展現歲月積累的厚度。

生命中不可抗拒的無奈，藉由家族書寫，在不同世代間架上橋梁。從此岸行向彼地，縱然激流湍悍，仍有路能穿過黑暗。

作者簡介

蔡怡，台灣屏東人，台大中文系學士，美國印第安那州Butler University教育碩士，密西根州Wayne State University教育博士。現任台北市婦女閱讀寫作協會副理事長，是《聯合報》繽紛版與《人間福報》專欄作者。曾獲第三十四屆聯合報文學獎散文組大獎，第六屆懷恩文學獎社會組首獎，第五屆懷恩文學獎兩代組首獎與第三屆福報文學獎。作品曾多次入選各大報章雜誌，著有《繽紛歲月》、《烤神仙》。

兩百里地的雲和月／蔡怡

國家圖書館出版品預行編目資料

甜蜜與憂傷／廖玉蕙、林芳妃主編 . --初版 .
--台北市：幼獅，2014.07
面； 公分. --（散文館；9）
ISBN 978-957-574-964-4 （平裝）
855 103011331

·散文館 009·

甜蜜與憂傷

作　　者＝廖玉蕙、林芳妃
出 版 者＝幼獅文化事業股份有限公司
發 行 人＝李鍾桂
總 經 理＝王華金
總 編 輯＝劉淑華
主　　編＝林泊瑜
編　　輯＝周雅娣
美術編輯＝吳巧韻
總 公 司＝10045台北市重慶南路1段66-1號3樓
電　　話＝(02)2311-2832
傳　　真＝(02)2311-5368
郵政劃撥＝00033368

門市
●松江展示中心：10422台北市松江路219號
電話：(02)2502-5858轉734 傳真：(02)2503-6601
●苗栗育達店：36143苗栗縣造橋鄉談文村學府路168號（育達科技大學內）
電話：(037)652-191 傳真：(037)652-251

印刷＝崇寶彩藝印刷股份有限公司
定價＝250元
港幣＝83元
初版＝2014.07
書號＝986264

幼獅樂讀網
http://www.youth.com.tw
e-mail:customer@youth.com.tw

行政院新聞局核准登記證局版台業字第0143號

幼獅文化公司／讀者服務卡／

感謝您購買幼獅公司出版的好書！
為提升服務品質與出版更優質的圖書，敬請撥冗填寫後（免貼郵票）擲寄本公司，或傳真（傳真電話02-23115368），我們將參考您的意見、分享您的觀點，出版更多的好書。並不定期提供您相關書訊、活動、特惠專案等。謝謝！

基本資料

姓名：＿＿＿＿＿＿先生／小姐

婚姻狀況：□已婚 □未婚　職業：□學生 □公教 □上班族 □家管 □其他

出生：民國＿＿＿年＿＿＿月＿＿＿日

電話：（公）＿＿＿（宅）＿＿＿（手機）＿＿＿

e-mail：＿＿＿＿＿＿

聯絡地址：＿＿＿＿＿＿

1.您所購買的書名：**甜蜜與憂傷**

2.您通常以何種方式購書?：□1.書店買書 □2.網路購書 □3.傳真訂購 □4.郵局劃撥
（可複選）□5.幼獅門市 □6.團體訂購 □7.其他

3.您是否曾買過幼獅其他出版品：□是，□1.圖書 □2.幼獅文藝 □3.幼獅少年
□否

4.您從何處得知本書訊息：□1.師長介紹 □2.朋友介紹 □3.幼獅少年雜誌
（可複選） □4.幼獅文藝雜誌 □5.報章雜誌書評介紹＿＿＿報
□6.DM傳單、海報 □7.書店 □8.廣播( )
□9.電子報、edm □10.其他＿＿＿

5.您喜歡本書的原因：□1.作者 □2.書名 □3.內容 □4.封面設計 □5.其他

6.您不喜歡本書的原因：□1.作者 □2.書名 □3.內容 □4.封面設計 □5.其他

7.您希望得知的出版訊息：□1.青少年讀物 □2.兒童讀物 □3.親子叢書
□4.教師充電系列 □5.其他

8.您覺得本書的價格：□1.偏高 □2.合理 □3.偏低

9.讀完本書後您覺得：□1.很有收穫 □2.有收穫 □3.收穫不多 □4.沒收穫

10.敬請推薦親友，共同加入我們的閱讀計畫，我們將適時寄送相關書訊，以豐富書香與心靈的空間：

(1)姓名＿＿＿e-mail＿＿＿電話＿＿＿

(2)姓名＿＿＿e-mail＿＿＿電話＿＿＿

(3)姓名＿＿＿e-mail＿＿＿電話＿＿＿

11.您對本書或本公司的建議：

廣 告 回 信
台北郵局登記證
台北廣字第942號

請直接投郵　免貼郵票

10045　台北市重慶南路一段66-1號3樓

幼獅文化事業股份有限公司

請沿虛線對折寄回

客服專線：02-23112832分機208　傳真：02-23115368

e-mail：customer@youth.com.tw

幼獅樂讀網http：//www.youth.com.tw